ALFAGUARA^{MR}

JUVENIL

ALFAGUARA JUVENIL^{MR}

Matilda

Roald Dahl
Ilustraciones de Quentin Blake
Traducción de Pedro Barbadillo

ALFAGUARA^{MR}

JUVENIL

ALFAGUARA^{MR}

JUVENIL

MATILDA

D.R. © del texto: ROALD DAHL, 1988
    http://www.roalddahl.com
D.R. © de las ilustraciones: QUENTIN BLAKE, 1988
D.R. © de la traducción: PEDRO BARBADILLO, 1989
D.R. © de la edición española: Santillana Ediciones Generales, S. L., 2004

D.R. © de esta edición:
Editorial Santillana, S.A. de C.V., 2013
Av. Río Mixcoac 274, piso 4, Col. Acacias
03240, México, D.F.

Alfaguara Juvenil es un sello editorial licenciado a
favor de Editorial Santillana, S.A de C.V.
Éstas son sus sedes:

ARGENTINA, BOLIVIA, CHILE, COLOMBIA, COSTA RICA, ECUADOR, EL
SALVADOR, ESPAÑA, ESTADOS UNIDOS, GUATEMALA, MÉXICO, PANAMÁ,
PARAGUAY, PERÚ, PUERTO RICO, REPÚBLICA DOMINICANA, URUGUAY Y
VENEZUELA.

Primera edición en Alfaguara México: febrero de 1997
Primera Edición en Santillana Ediciones Generales, S.A. de C.V.:
mayo de 2004
Primera edición en Editorial Santillana, S.A. de C.V.: mayo de 2013
Cuarta reimpresión: julio de 2015

ISBN: 978-607-01-1521-9

Impreso en México

SANTILLANA

Para Michael y Lucy

La lectora de libros

Ocurre una cosa graciosa con los padres. Aunque su hijo sea el ser más repugnante que uno pueda imaginarse, creen que es maravilloso.

Algunos padres van aún más lejos. Su adoración llega a cegarlos y están convencidos de que su vástago tiene cualidades de genio.

Bueno, no hay nada malo en ello. La gente es así. Sólo cuando los padres empiezan a hablarnos de las maravillas de su descendencia es cuando gritamos: "¡Tráiganme una palangana! ¡Voy a vomitar!".

Los maestros la pasan muy mal teniendo que escuchar estas tonterías de padres orgullosos, pero normalmente se desquitan cuando llega la hora de las calificaciones finales. Si yo fuera maestro, imaginaría comentarios genuinos para hijos de padres imbéciles. "Su hijo Maximilian —escribiría— es un auténtico desastre. Espero que tengan ustedes algún negocio familiar al que puedan orientarlo cuando termine la escuela, porque es seguro, como hay infierno, que no encontrará trabajo en ningún sitio".

O si me sintiera inspirado ese día, podría escribir: "Los saltamontes, curiosamente, tienen los órganos auditivos a ambos lados del abdomen. Su hija Vanessa, a juzgar por lo que ha aprendido este año, no tiene órganos auditivos".

Podría, incluso, hurgar más profundamente en la historia natural y decir: "La cigarra pasa seis años bajo tierra como larva y, cuando mucho, seis días como animal libre a la luz del sol y al aire. Su hijo Wilfred ha pasado seis años como larva en esta escuela y aún estamos esperando que salga de la crisálida". Una niña especialmente odiosa podría incitarme a decir: "Fiona tiene la misma belleza glacial que un iceberg, pero al contrario de lo que sucede con éste, no tiene nada bajo la superficie". Estoy seguro de que disfrutaría escribiendo los informes de fin de año de las sabandijas de mi clase. Pero ya está bien de esto. Tenemos que seguir.

A veces se topa uno con padres que se comportan del modo opuesto. Padres que no demuestran el menor interés por sus hijos y que, naturalmente, son mucho peores que los que sienten un cariño delirante. El señor y la señora Wormwood eran de ésos. Tenían un hijo llamado Michael y una hija llamada Matilda, a la que los padres consideraban poco más que como una postilla. Una postilla es algo que uno tiene que soportar hasta que llega el momento de arrancársela de un manotazo y lanzarla lejos. El señor y la señora Wormwood esperaban con ansiedad el momento de quitarse de encima a su hijita y lanzarla lejos, preferentemente al pueblo próximo o, incluso, más lejos aún.

Ya es malo que haya padres que traten a los niños normales como postillas y juanetes, pero es mucho peor cuando el niño en cuestión es extraordinario, y con esto me refiero a cuando es sensible y brillante. Matilda era ambas cosas, pero, sobre todo, brillante. Tenía una mente tan aguda y aprendía con tanta rapidez, que su talento hubiera resultado claro para padres medianamente inteligentes. Pero el señor y la señora Wormwood eran tan lerdos y estaban tan ensimismados en sus egoístas ideas que no eran capaces de apreciar nada fuera de lo común en sus hijos. Para ser sincero, dudo que hubieran notado algo raro si su hija llegaba a casa con una pierna rota.

Michael, el hermano de Matilda, era un niño de lo más normal, pero la hermana, como ya he dicho, llamaba la atención. Cuando tenía un año y medio hablaba perfectamente y su vocabulario era igual al de la mayor parte de los adultos. Los padres, en lugar de alabarla, la llamaban parlanchina y la regañaban severamente, diciéndole que las niñas pequeñas debían ser vistas pero no oídas.

Al cumplir los *tres años*, Matilda ya había aprendido a leer sola, valiéndose de los periódicos y revistas que había en su casa. A los cuatro, leía de corrido y empezó, de forma natural, a desear tener libros. El único libro que había en aquel ilustrado hogar era uno titulado *Cocina fácil*, que pertenecía a su madre. Una vez que lo hubo leído de cabo a rabo y se aprendió de memoria todas las recetas, decidió que quería algo más interesante.

—Papá —dijo—, ¿no podrías comprarme algún libro?

—¿Un libro? —preguntó él—. ¿Para qué quieres un maldito libro?

—Para leer, papá.

—¿Qué demonios tiene de malo la televisión? ¡Hemos comprado un precioso televisor de doce pulga-

das y ahora vienes pidiendo un libro! Te estás echando a perder, hija…

Entre semana, Matilda se quedaba en casa sola casi todas las tardes. Su hermano, cinco años mayor que ella, iba a la escuela. Su padre iba a trabajar y su madre se marchaba a jugar al bingo a un pueblo situado a ocho millas de allí. La señora Wormwood era una viciosa del bingo y jugaba cinco tardes a la semana. La tarde del día en que su padre se negó a comprarle un libro, Matilda salió sola y se dirigió a la biblioteca pública del pueblo. Al llegar, se presentó a la bibliotecaria, la señora Phelps. Le preguntó si podía sentarse un rato y leer un libro. La señora

Phelps, algo sorprendida por la llegada de una niña tan pequeña sin que la acompañara ninguna persona mayor, le dio la bienvenida.

—¿Dónde están los libros infantiles, por favor? —preguntó Matilda.

—Están allí, en los entrepaños más bajos —dijo la señora Phelps—. ¿Quieres que te ayude a buscar uno bonito con muchos dibujos?

—No, gracias —dijo Matilda—. Creo que podré arreglármelas sola.

A partir de entonces, todas las tardes, en cuanto su madre se iba al bingo, Matilda se dirigía a la biblioteca. El trayecto le llevaba sólo diez minutos y le quedaban dos hermosas horas, sentada tranquilamente en un rincón acogedor, devorando libro tras libro. Cuando hubo leído todos los libros infantiles que había allí, comenzó a buscar alguna otra cosa.

La señora Phelps, que la había observado fascinada durante las dos últimas semanas, se levantó de su mesa y se acercó a ella.

—¿Puedo ayudarte, Matilda? —preguntó.

—No sé qué leer ahora —dijo Matilda—. Ya he leído todos los libros para niños.

—Querrás decir que has contemplado los dibujos, ¿no?

—Sí, pero también los he leído.

La señora Phelps bajó la vista hacia Matilda desde su altura y Matilda le devolvió la mirada.

—Algunos me han parecido muy malos —dijo Matilda—, pero otros eran bonitos. El que más me ha gustado ha sido *El jardín secreto*. Es un libro lleno de misterio. El misterio de la habitación tras la puerta cerrada y el misterio del jardín tras el alto muro.

La señora Phelps estaba estupefacta.

—¿Cuántos años tienes exactamente, Matilda? —le preguntó.

—Cuatro años y tres meses.

La señora Phelps se sintió más estupefacta que nunca, pero tuvo la habilidad de no demostrarlo.

—¿Qué clase de libro te gustaría leer ahora? —preguntó.

—Me gustaría uno bueno de verdad, de los que leen las personas mayores. Uno famoso. No sé ningún título.

La señora Phelps ojeó los entrepaños, tomándose su tiempo. No sabía muy bien qué escoger. ¿Cómo iba a elegir un libro famoso para adultos para una niña de cuatro años? Su primera idea fue darle alguna novela de amor de las que suelen leer las chicas de quince años, pero, por alguna razón, pasó de largo por aquella estantería.

—Prueba con éste —dijo finalmente—. Es muy famoso y muy bueno. Si te resulta muy largo, dímelo y buscaré algo más corto y un poco menos complicado.

—*Grandes esperanzas* —leyó Matilda—. Por Charles Dickens. Me gustaría probar.

—Debo de estar loca —se dijo a sí misma la señora Phelps, pero a Matilda le comentó—: Claro que puedes probar.

Durante las tardes que siguieron, la señora Phelps apenas quitó ojo a la niñita sentada hora tras hora en el gran sillón del fondo de la sala, con el libro en el regazo. Tenía que colocarlo así porque era demasiado pesado para sujetarlo con las manos, lo que significaba que debía sentarse inclinada hacia delante para poder leer. Resultaba insólito ver aquella chiquilla de pelo oscuro, con los pies colgando, sin llegar al suelo, totalmente absorta en las maravillosas aventuras de Pip y la señorita Havishman y su casa llena de telarañas dentro del mágico hechizo que Dickens, el gran narrador, había sabido tejer con sus palabras. El único movimiento de la lectora era el de la mano cada vez que pasaba una página. La señora Phelps se apenaba cuando llegaba el momento de acercarse a ella y decirle: "Son diez para las cinco, Matilda".

En el transcurso de la primera semana, la señora Phelps le preguntó:

—¿Tu madre viene todos los días para llevarte a tu casa?

—Mi madre va todas las tardes a Aylesbury a jugar al bingo —le respondió Matilda—. No sabe que vengo aquí.

—Pero eso no está bien —dijo la señora Phelps—. Creo que sería mejor que se lo contaras.

—Creo que no —contestó Matilda—. A ella no le gusta leer. Ni a mi padre.

—Pero ¿qué esperan que hagas todas las tardes en una casa vacía?

—Ir de un lado para otro y ver la tele.

—Ya.

—A ella no le importa nada lo que hago —dijo Matilda con un dejo de tristeza.

A la señora Phelps le preocupaba la seguridad de la niña cuando transitaba por la concurrida calle Mayor del pueblo y cruzaba la carretera, pero decidió no intervenir.

Al cabo de una semana, Matilda terminó *Grandes esperanzas* que, en aquella edición, tenía cuatrocientas dieciséis páginas.

—Me ha encantado —le dijo a la señora Phelps—. ¿Ha escrito otros libros el señor Dickens?

—Muchos otros —respondió la asombrada señora Phelps—. ¿Quieres que te elija otro?

Durante los seis meses siguientes y, bajo la atenta y compasiva mirada de la señora Phelps, Matilda leyó los siguientes libros:

Nicolas Nickleby, de Charles Dickens.
Oliver Twist, de Charles Dickens.
Jane Eyre, de Charlotte Brontë.
Orgullo y prejuicio, de Jane Austin.
Teresa, la de Urbervilles, de Thomas Hardy.
Viaje a la Tierra, de Mary Webb.
Kim, de Rudyard Kipling.
El hombre invisible, de H. G. Wells.

El viejo y el mar, de Ernest Hemingway.
El ruido y la furia, de William Faulkner.
Alegres compañeros, de J. B. Priestley.
Las uvas de la ira, de John Steinbeck.
Brighton Rock, de Graham Greene.
Rebelión en la granja, de George Orwell.

Era una lista impresionante y, para entonces, la señora Phelps estaba maravillada y emocionada, pero probablemente hizo bien en no mostrar su entusiasmo. Cualquiera que hubiera sido testigo de los logros de aquella niña se hubiera sentido tentado de armar un escándalo y contarlo en el pueblo, pero no la señora Phelps. Se ocupaba sólo de sus asuntos y hacía tiempo que había descubierto que rara vez valía la pena preocuparse por los hijos de otras personas.

—El señor Hemingway dice algunas cosas que no comprendo —dijo Matilda—. Especialmente sobre hombres y mujeres. Pero, a pesar de eso, me ha encantado. La forma como cuenta las cosas hace que me sienta como si estuviera observando todo lo que pasa.

—Un buen escritor siempre te hace sentir de esa forma —dijo la señora Phelps—. Y no te preocupes por las cosas que no entiendas. Deja que te envuelvan las palabras, como la música.

—Sí, sí.

—¿Sabías —le preguntó la señora Phelps— que las bibliotecas públicas como ésta te permiten llevar libros prestados a casa?

—No lo sabía —dijo Matilda—. ¿Podría hacerlo?

—Naturalmente —dijo la señora Phelps—. Cuando hayas elegido el libro que quieras, tráemelo para que yo tome nota y es tuyo durante dos semanas. Si lo deseas, puedes llevarte más de uno.

A partir de entonces, Matilda sólo iba a la biblioteca una vez por semana, para sacar nuevos libros y devolver

los anteriores. Su pequeño dormitorio lo convirtió en sala de lectura y allí se sentaba y leía la mayoría de las tardes, a menudo con un tazón de chocolate caliente al lado. No era lo bastante alta para llegar a los trastes de la cocina, pero colocaba una caja que había en una dependencia exterior de la casa y se subía en ella para llegar a donde deseaba. La mayoría de las veces preparaba chocolate caliente, calentando la leche en un cazo en la estufa, antes de añadirle el chocolate. De vez en cuando preparaba Bovril y Ovaltina. Resultaba agradable llevarse una bebida caliente consigo y tenerla al lado mientras se pasaba las tardes leyendo en su tranquila habitación de la casa desierta. Los libros la transportaban a nuevos mundos y le mostraban personajes extraordinarios que vivían unas vidas excitantes. Navegó en tiempos pasados con Joseph Conrad. Fue a África con Ernest Hemingway y a la India con Rudyard Kipling. Viajó por todo el mundo, sin moverse de su pequeña habitación de aquel pueblecito inglés.

El señor Wormwood,
experto vendedor de coches

Los padres de Matilda poseían una casa bastante bonita, con tres dormitorios en la planta superior, mientras que la inferior constaba de comedor, sala y cocina. Su padre era vendedor de coches usados y, al parecer, le iba muy bien.

—El serrín es uno de los grandes secretos de mi éxito —dijo un día, orgullosamente—. Y no me cuesta nada. Lo consigo gratis en las serrerías.

—¿Y para qué lo usas? —le preguntó Matilda.

—Te gustaría saberlo, ¿eh? —dijo.

—No veo cómo te puede ayudar el serrín a vender coches usados, papá.

—Eso es porque tú eres una majadera ignorante —afirmó su padre.

Su forma de expresarse no era muy delicada, pero Matilda ya estaba acostumbrada. Sabía también que a él le gustaba presumir y ella le incitaba descaradamente.

—Tienes que ser muy inteligente para encontrarle aplicación a algo que no vale nada —comentó—. A mí me encantaría poder hacerlo.

—Tú no podrías —replicó su padre—. Eres demasiado estúpida. Pero no me importa contárselo a Mike, ya que algún día estará en el negocio conmigo —despreciando a Matilda se volvió a su hijo y dijo—: Procuro comprar un coche de algún imbécil que ha utilizado tan mal la caja de velocidades que las marchas están desgastadas y suena como una carraca. Lo consigo barato. Luego, todo lo que tengo que hacer es mezclar una buena cantidad de serrín con el aceite de la caja de velocidades y va tan suave como la seda.

—¿Cuánto tarda en volver a empezar a rechinar? —preguntó Matilda.

—Lo suficiente para que el comprador esté bastante lejos —dijo su padre sonriendo—. Unas cien millas.

—Pero eso no es honrado, papá —dijo Matilda—. Eso es un engaño.

—Nadie se hace rico siendo honrado —dijo el padre—. Los clientes están para que los engañen.

El señor Wormwood era un hombrecillo de rostro malhumorado, cuyos dientes superiores sobresalían por debajo de un bigotillo de aspecto lastimoso. Le gustaba llevar sacos de grandes cuadros, de alegre colorido y corbatas normalmente amarillas o verde claro.

—Fíjate, por ejemplo, en el cuentakilómetros —prosiguió—. El que compra un coche de segunda mano lo primero que hace es comprobar los kilómetros que tiene. ¿No es cierto?

—Cierto —dijo el hijo.

—Pues bien, compro un cacharro con ciento cincuenta mil kilómetros. Lo compro barato. Pero con esos kilómetros no lo va a comprar nadie, ¿no? Ahora no puedes desmontar el cuentakilómetros, como hace diez años, y hacer retroceder los números. Los instalan de forma que resulta imposible amañarlos, a menos que seas un buen relojero o algo así. ¿Qué hacer entonces? Yo uso el cerebro, muchacho, eso es lo que hago.

—¿Cómo? —preguntó el joven Michael, fascinado. Parecía haber heredado la afición de su padre por los engaños.

—Me pongo a pensar y me pregunto cómo podría transformar un cuentakilómetros que marca ciento

cincuenta mil kilómetros en uno que sólo marque diez mil, sin estropearlo. Bueno, lo conseguirías si haces andar el coche hacia atrás durante mucho tiempo. Los números irían hacia atrás, ¿no? Pero ¿quién va a conducir un maldito coche en reversa durante miles y miles de kilómetros? ¡No hay forma de hacerlo!

—¡Por supuesto que no! —dijo el joven Michael.

—Así que me estrujé el cerebro —siguió el padre—. Yo uso el cerebro. Cuando tienes un cerebro brillante tienes que usarlo. Y, de repente, me llegó la solución. Te aseguro que me sentí igual que debió de sentirse ese tipo tan famoso que descubrió la penicilina. "¡Eureka!", grité. "¡Lo conseguí!"

—¿Qué hiciste, papá?

—Del cuentakilómetros —explicó el señor Wormwood— sale un cable que va conectado a una de las ruedas delanteras. Primero, desconecté el cable en el lugar donde se acopla la rueda. Luego, me compré un taladro eléctrico de gran velocidad y lo conecté al extremo del cable, de tal forma que, cuando gira, hace girar el cable al revés. ¿Me sigues? ¿Lo comprendes?

—Sí, papá —dijo el joven Michael.

—Esos taladros giran a una velocidad enorme —dijo el padre—, así que cuando conecto el taladro, los números del cuentakilómetros retroceden a toda velocidad. En pocos minutos puedo rebajar cincuenta mil kilómetros del cuentakilómetros con mi taladro eléctrico de gran velocidad. Y, cuando termino, el coche sólo tiene diez mil kilómetros y está listo para su venta. "Está casi nuevo", le digo al cliente. "Apenas tiene diez mil. Pertenecía a una señora mayor que sólo lo utilizaba una vez a la semana para ir de compras".

—¿De verdad puedes hacer que el cuentakilómetros vaya hacia atrás con un taladro eléctrico? —preguntó Michael.

—Te estoy contando secretos del negocio —dijo el padre—, así que no vayas a decírselo a nadie. No querrás verme en la cárcel, ¿no?

—No se lo diré a nadie —dijo el niño—. ¿Le haces eso a muchos coches, papá?

—Todo coche que pasa por mis manos recibe el tratamiento —dijo el padre—. Antes de ofrecerlos a la

venta, todos ven reducido su kilometraje por debajo de diez mil. ¡Y pensar que lo he inventado yo…! —añadió orgullosamente—. Me ha hecho ganar una fortuna.

Matilda, que había escuchado atentamente, dijo:

—Pero papá, eso es aún peor que lo del serrín. Es repugnante. Estás engañando a gente que confía en ti.

—Si no te gusta, no comas entonces la comida de esta casa —dijo el padre—. Se compra con las ganancias.

—Es dinero sucio —dijo Matilda—. Lo odio.

Dos manchas rojas aparecieron en las mejillas del padre.

—¿Quién demonios te crees que eres? —gritó—. ¿El arzobispo de Canterbury o alguien así, echándome un sermón sobre honradez? ¡Tú no eres más que una ignorante mequetrefe que no tiene ni la más mínima idea de lo que dice!

—Bien dicho, Harry —dijo la madre. Y a Matilda—: Eres una descarada por hablarle así a tu padre. Ahora, mantén cerrada tu desagradable boca para que podamos ver tranquilos este programa.

Estaban en la sala, frente a la televisión, con la bandeja de la cena sobre las rodillas. La cena consistía en una de esas comidas preparadas que anuncian en televisión, en bandejas de aluminio flexible, con compartimentos separados para la carne guisada, las papas hervidas y los chícharos. La señora Wormwood comía con los ojos pendientes de la serie americana de la pequeña pantalla. Era una mujerona con el pelo teñido de rubio platino, excepto en las raíces cercanas al cuero cabelludo, donde era de color castaño parduzco. Iba muy maquillada y tenía uno de esos tipos abotargados y poco agraciados en los que la carne parece estar atada alrededor del cuerpo para evitar que se caiga.

—Mami —dijo Matilda—, ¿te importa que me coma la cena en el comedor y así poder leer mi libro?

El padre levantó la vista bruscamente.

—¡Me importa a mí! —dijo acaloradamente—.
¡La cena es una reunión familiar y nadie se levanta de la
mesa antes de terminar!

—Pero nosotros no estamos sentados a la mesa
—dijo Matilda—. No lo hacemos nunca. Siempre cena-
mos aquí, viendo la tele.

—¿Se puede saber qué hay de malo en ver la televisión? —preguntó el padre. Su voz se había tornado
de repente tranquila y peligrosa.

Matilda no se atrevió a responderle y permaneció
callada. Sintió que le invadía la cólera. Sabía que no era
bueno aborrecer de aquella forma a sus padres, pero le
costaba trabajo no hacerlo. Lo que había leído le mostró
un aspecto de la vida que ellos ni siquiera vislumbraban.
Si por lo menos hubieran leído algo de Dickens o de Kipling, sabrían que la vida era algo más que engañar a la
gente y ver la televisión.

Otra cosa. Le molestaba que la llamaran constantemente ignorante y estúpida, cuando sabía que no lo era. La cólera que sentía fue creciendo más y más y esa noche, acostada en su cama, tomó una decisión. Cada vez que sus padres se portaran mal con ella, se vengaría de una forma u otra. Esas pequeñas victorias le ayudarían a soportar sus idioteces y evitarían que se volviera loca. Recuerden que aún no tenía cinco años y que, a esa edad, no es fácil marcarle el alto a un todopoderoso adulto. Aun así, estaba decidida a intentarlo. Después de lo que había sucedido esa noche frente a la televisión, su padre fue el primero de la lista.

El sombrero y el pegamento

A la mañana siguiente, poco antes de que su padre se marchara a su aborrecible garaje de coches usados, Matilda fue al guardarropa y cogió el sombrero que él llevaba todos los días al trabajo. Tuvo que ponerse de puntillas y servirse de un bastón para descolgarlo de la percha. El sombrero era de copa baja y plana, con una pluma de ave en la cinta, y el señor Wormwood se sentía orgulloso de él. Creía que le daba un cierto aire atrevido y elegante, especialmente cuando lo llevaba ladeado y con su llamativo saco de cuadros y la corbata verde.

Matilda, con el sombrero en una mano y un tubo de pegamento en la otra, depositó un poco de éste con suma pulcritud alrededor del cerco interior del sombrero. Luego, lo volvió a colgar con cuidado en la percha valiéndose del bastón. Calculó con exactitud la operación, aplicando el pegamento justamente en el momento en que su padre se levantaba de la mesa del desayuno.

El señor Wormwood no notó nada cuando se puso el sombrero, pero al llegar al garaje no se lo pudo quitar. Aquel pegamento era un producto muy fuerte, tanto que si se jala demasiado puede arrancarle a uno la piel. El señor Wormwood no tenía ningún deseo de perder el cuero cabelludo, por lo que tuvo que dejarse el sombrero puesto todo el día, hasta cuando ponía serrín en las

cajas de velocidades o alteraba los cuentakilómetros de los coches con su taladro eléctrico. En un esfuerzo por salvar las apariencias, adoptó una actitud descuidada, confiando en que su personal pensara que, en realidad, quería tener puesto el sombrero todo el día, como hacen los gángsters en las películas.

Cuando llegó a su casa esa noche, seguía sin poderse quitar el sombrero.

—No seas bobo —dijo su mujer—. Ven aquí. Yo te lo quitaré.

Dio un tirón brusco del sombrero. El señor Wormwood soltó un alarido que hizo temblar los cristales de las ventanas.

—¡Aaaay! —gritó—. ¡No hagas eso! ¡Déjalo! ¡Me vas a arrancar la piel de la frente!

Matilda, arrellanada en su asiento habitual, observaba con mucho interés la operación por encima del borde de su libro.

—¿Qué pasa, papá? —preguntó—. ¿Se te ha hinchado de pronto la cabeza o algo así?

El padre miró a su hija recelosamente, pero no dijo nada. ¿Cómo iba a hacerlo? Su mujer le dijo:

—Tiene que ser pegamento. No puede ser otra cosa. Eso te enseñará a no manejar un producto como ése. Supongo que estarías intentando pegar otra pluma en el sombrero.

—¡Yo no he tocado ese asqueroso producto! —rugió el señor Wormwood. Se volvió y miró otra vez a Matilda, que le devolvió la mirada con sus grandes e inocentes ojos castaños.

La señora Wormwood le dijo:

—Deberías leer las etiquetas antes de usar productos peligrosos. Sigue siempre las instrucciones.

—¿De qué diablos estás hablando, estúpida? —gritó el señor Wormwood, sujetando el ala del sombrero para evitar que alguien intentara quitárselo de nuevo—. ¿Me crees tan idiota como para haberme pegado esto a la cabeza a propósito?

Matilda dijo:

—Un chico que vive en esta calle se metió un dedo en la nariz sin darse cuenta de que tenía un poco de pegamento en él.

—¿Qué le pasó? —farfulló el señor Wormwood, sobresaltado.

—Se le quedó pegado el dedo dentro de la nariz —dijo Matilda— y tuvo que ir así durante una semana. La gente le decía que no se hurgara la nariz, pero no podía hacer nada. Iba haciendo el ridículo.

—Le estuvo bien empleado —dijo la señora Wormwood—. En primer lugar, no debía haberse metido el dedo ahí. Es una costumbre repugnante. Si a todos los niños les pusieran pegamento en los dedos, dejarían de hacerlo.

—Las personas mayores también lo hacen, mami —dijo Matilda—. Yo te vi a ti hacerlo ayer en la cocina.

—¡Estoy harta de ti! —exclamó la señora Wormwood enrojeciendo.

El señor Wormwood tuvo que dejarse el sombrero puesto durante la cena, frente al televisor. Tenía un aspecto ridículo y se mantuvo en silencio.

Cuando fue a acostarse trató de quitárselo de nuevo, y lo intentó también su mujer, pero no cedió.

—¿Cómo voy a bañarme? —preguntó.

—No podrás ducharte —le dijo su mujer. Más tarde, al observar a su enjuto marido dando vueltas por el dormitorio con su pijama de rayas moradas y el sombrero de copa baja en la cabeza, pensó el aspecto tan ridículo que tenía. Difícilmente podía asociarlo al tipo de hombre con quien sueña una mujer.

El señor Wormwood descubrió que lo peor de llevar puesto siempre un sombrero en la cabeza era tener que dormir con él. Era imposible reposar cómodamente sobre la almohada.

—Deja de dar vueltas —le dijo su mujer al cabo de una hora de moverse de un lado a otro—. Me figuro que por la mañana estará más despegado y saldrá fácilmente.

Pero por la mañana seguía igual y no salía. Así que la señora Wormwood agarró unas tijeras y fue cortando poco a poco el sombrero, primero la copa y luego el ala. En

las zonas donde la banda interior se había pegado al pelo, en las sienes y en la parte de atrás de la cabeza, tuvo que cortarlo de raíz, dejándole un cerco blanco pelado alrededor, como si fuera una especie de monje. Y en la frente, donde la banda se había pegado directamente a la piel desnuda, le quedaron pequeños parchecitos de restos de cuero, que no pudo quitarse por más que se lavara.

—Tienes que intentar quitarte esos trocitos de la frente, papá. Parecen pequeños insectos de color marrón. La gente pensará que tienes piojos.

—¡Cállate! —rugió el padre—. Cierra tu asquerosa boca, ¿quieres?

En conjunto resultó una prueba satisfactoria. Pero sin duda era esperar demasiado que le hubiera servido de lección permanente al padre.

El fantasma

En el hogar de los Wormwood hubo relativa calma durante, aproximadamente, unas semanas tras el episodio del pegamento. Resultó evidente que la experiencia había escarmentado al señor Wormwood, que perdió temporalmente su costumbre de presumir y fanfarronear.

Luego, de repente, volvió a atacar. Puede que hubiera tenido un mal día en el garaje y no hubiera vendido suficientes coches usados de pacotilla. Hay muchas cosas que vuelven irritables a un hombre cuando llega a casa del trabajo, y una mujer lista aprecia por lo general los síntomas de tormenta y lo deja solo hasta que se calma.

Cuando el señor Wormwood regresó esa tarde del garaje, su rostro era tan tenebroso como una nube de tormenta y alguien iba a sufrir pronto el primer embate. Su mujer notó inmediatamente los síntomas y se esfumó. Matilda estaba acurrucada en un sillón, en un rincón, totalmente absorta en un libro. El señor Wormwood conectó la televisión. La pantalla se iluminó y el programa comenzó a atronar la habitación. El señor Wormwood miró a Matilda. Ésta no se había movido. Estaba entrenada para cerrar los oídos al espantoso sonido de la temible caja. Siguió leyendo y eso, por algún motivo, enfureció a su padre. Puede que su enfado aumentara al ver que ella disfrutaba con algo que no estaba a su alcance.

—¿No dejas nunca de leer? —preguntó bruscamente.

—¡Ah, hola papá! —dijo agradablemente—.
¿Has tenido un buen día?

—¿Qué es esta basura? —preguntó arrancándo-
le el libro de las manos.

—No es basura, papá, es precioso. Se titula *El po-
ny rojo* y es de un escritor americano llamado John Steinbeck. ¿Por qué no lo lees? Te encantaría.

—¡Porquerías! —dijo el señor Wormwood—. Si
lo ha escrito un americano tiene que ser una porquería.
De eso es de lo que escriben todos ellos.

—No, papi, de verdad que es precioso. Trata
de…

—No quiero saber de qué trata —rugió el señor
Wormwood—. Estoy harto de tus lecturas. Busca algo
útil que hacer —con terrorífica brusquedad comenzó a
arrancar a puñados las páginas del libro y a arrojarlas a la
basura.

Matilda se quedó horrorizada. Su padre prosiguió. No había duda de que el hombre sentía cierto tipo
de celos. ¿Cómo se atrevía ella —parecía decir con cada
página que arrancaba—, cómo se atrevía a disfrutar leyendo libros cuando él no podía? ¿Cómo se atrevía?

—¡Es un libro de la biblioteca! —exclamó Matilda—. ¡No es mío! ¡Tengo que devolvérselo a la señora Phelps!

—Tendrás que comprar otro entonces, ¿no? —dijo el padre, sin dejar de arrancar páginas—. Tendrás que ahorrar de tu paga hasta que reúnas el dinero preciso para comprar uno nuevo a tu preciosa señora Phelps, ¿no? —al decir esto, arrojó a la basura las pastas, ahora vacías, del libro y salió de la habitación dejando encendida la televisión.

En la misma situación que Matilda, la mayoría de los niños se hubieran echado a llorar. Ella no lo hizo. Se quedó muy tranquila, pálida y pensativa. Sabía que ni llorando, ni enfadándose, conseguiría nada. Cuando a uno lo atacan, lo único sensato, como Napoleón dijo una vez, es contraatacar. La mente maravillosamente aguda de Matilda ya estaba trabajando, tramando otro castigo adecuado para su odioso padre. El plan que comenzaba a madurar en su mente dependía, sin embargo, de que el loro de Fred fuera realmente tan buen hablador como Fred decía.

Fred era un amigo de Matilda. Era un niño de seis años que vivía a la vuelta de la esquina y llevaba muchos días explicándole lo buen hablador que era el loro que le había regalado su padre.

Así pues, la tarde siguiente, tan pronto como la señora Wormwood se marchó en su coche a otra sesión de bingo, Matilda se encaminó a casa de Fred para averiguarlo. Llamó a la puerta y le preguntó si sería tan amable de enseñarle el famoso pájaro. Fred se sintió encantado y la condujo a su habitación, donde, en una jaula de gran altura, había un loro, de color azul y amarillo, realmente precioso.

—Ahí está —dijo Fred—. Se llama Chopper.

—Hazlo hablar —ordenó Matilda.

—No puedes hacerlo hablar —le explicó Fred—. Hay que tener paciencia. Habla cuando quiere.

Aguardaron. De repente, el loro dijo: "Hola, hola, hola". Era igual que una voz humana.

—¡Es asombroso! —exclamó Matilda—. ¿Qué
más sabe decir?

—¡No fastidies! —dijo el loro, imitando maravillosamente una voz fantasmal—. ¡No fastidies!

—No para de decir eso —rio Fred.

—¿Qué más sabe decir? —preguntó Matilda.

—Eso es todo. Pero es estupendo, ¿no?

—Es fabuloso —admitió Matilda—. ¿Me lo de-
jarías una noche?

—No —contestó Fred—. Desde luego que no.

—Te daré mi paga de la semana que viene —dijo Matilda.

Eso era otra cosa. Fred lo pensó unos segundos.

—De acuerdo —dijo— , si prometes devolvérmelo mañana.

Matilda regresó tambaleándose a su casa desierta, llevando la jaula con ambas manos. En el comedor había una gran chimenea y colocó la jaula en la campana de aquélla, fuera de la vista. No le resultó fácil, pero finalmente se las arregló para colocarla.

—¡Hola, hola, hola! —repitió el loro—. ¡Hola, hola!

—¡Cállate, idiota! —ordenó Matilda, y fue a lavarse las manos para quitarse el hollín.

Esa noche, mientras los padres, el hermano y Matilda cenaban como de costumbre en la sala, frente a la televisión, llegó del comedor, a través del vestíbulo, una voz fuerte y clara. Dijo: "¡Hola, hola, hola!".

—¡Harry! —exclamó sobresaltada la madre, poniéndose blanca—. ¡Hay alguien en la casa! ¡He oído una voz!

—¡Yo también! —dijo el hermano.

Matilda se puso en pie de un brinco y apagó el televisor.

—¡Chiss! —ordenó—. ¡Escuchen!

Todos dejaron de comer y se quedaron muy tensos, con el oído atento.

De nuevo escucharon la voz:

—¡Hola, hola, hola!

—¡Está ahí! —exclamó el hermano.

—¡Son ladrones! —susurró la madre—. ¡Están en el comedor!

—Creo que sí —dijo el padre, sin moverse.

—¡Ve, pues, y atrápalos, Harry! —susurró la madre—. ¡Agárralos con las manos en la masa!

El padre no se movió. Al parecer no tenía ninguna prisa por salir y convertirse en un héroe. Su rostro se había vuelto gris.

—¡Vamos, hazlo! —siseó apremiante la madre—. ¡Probablemente estén buscando la plata!

El marido se secó nerviosamente los labios con su servilleta.

—¿Por qué no vamos todos y miramos? —propuso.

—Vamos entonces —dijo el hermano—. Vamos, mamá.

—No hay duda de que están en el comedor —susurró Matilda—. Estoy segura de que están allí.

La madre agarró un atizador del fuego. El padre, un palo de golf que había en un rincón. El hermano asió una lámpara de mesa, arrancando la clavija del enchufe. Matilda empuñó el cuchillo con el que estaba comiendo

y los cuatro se dirigieron a la puerta del comedor, manteniéndose el padre bien detrás de los otros.

—¡Hola, hola, hola! —dijo otra vez la voz.

—¡Vamos! —gritó Matilda, e irrumpió en la habitación blandiendo el cuchillo—. ¡Manos arriba! —gritó—. ¡Los hemos agarrado!

Los otros la siguieron, agitando sus armas. Luego se detuvieron. Miraron a su alrededor. Allí no había nadie.

—Aquí no hay nadie —dijo el padre, con gran alivio.

—¡Yo lo oí, Harry! —chilló la madre, que aún temblaba—. Está aquí, en alguna parte —añadió, y empezó a buscar detrás del sofá y de las cortinas.

En ese momento volvió a oírse la voz, ahora suave y fantasmal.

—¡No fastidies! —dijo—. ¡No fastidies!

Dieron un brinco, sobresaltados, incluso Matilda, que era una buena actriz. Miraron a su alrededor. No había nadie.

—Es un fantasma —afirmó Matilda.

—¡Que el cielo nos valga! —gritó la madre, agarrándose al cuello de su marido.

—¡Claro que es un fantasma! —dijo Matilda—. ¡Yo lo he escuchado antes! Esta habitación está encantada. Creía que lo sabían.

—¡Sálvanos! —gritó la madre, casi estrangulando a su marido.

—Yo me voy de aquí —dijo el padre, más gris aún. Salieron todos, cerrando la puerta tras ellos.

A la tarde siguiente, Matilda se las arregló para rescatar de la chimenea un loro bastante manchado de hollín y malhumorado y sacarlo de la casa sin ser vista. Salió por la puerta trasera y lo llevó, sin dejar de correr, a casa de Fred.

—¿Se portó bien? —le preguntó Fred.

—Lo hemos pasado estupendamente con él —dijo Matilda—. A mis padres les ha encantado.

Aritmética

Matilda anhelaba que sus padres fueran buenos, cariñosos, comprensivos, honrados e inteligentes, pero tenía que apechugar con el hecho de que no lo eran. No le resultaba fácil. Sin embargo, el juego que se había ingeniado, consistente en castigar a uno o a ambos cada vez que se comportaban repugnantemente con ella, hacía su vida más o menos soportable.

Al ser muy pequeña y muy joven, el único poder que tenía Matilda sobre cualquiera de su familia era el del cerebro. Los superaba en ingenio. Pero seguía inalterable el hecho de que en cualquier familia, una niña de cinco años se veía obligada siempre a hacer lo que decían, por estúpido que fuera. Por eso, siempre tenía que tomar una de esas cenas que anuncian en televisión, frente a la espantosa caja. Entre semana se pasaba todas las tardes sola, y cuando le decían que se callara tenía que callarse.

Su válvula de escape, lo único que impedía que se volviera loca, era el placer de maquinar e infligir aquellos magníficos castigos, y lo curioso era que parecían surtir efecto durante algún tiempo. El padre especialmente se volvía menos fanfarrón e intratable durante algunos días, después de recibir una dosis de la medicina mágica de Matilda.

El incidente del loro bajó claramente los humos a sus padres y, por espacio de una semana, se comportaron de forma relativamente civilizada con su hijita. Pero ¡ay!, eso no podía durar. El siguiente estallido se produjo una tarde en la estancia. El señor Wormwood acababa de regresar del trabajo. Matilda y su hermano estaban tranquilamente sentados en el sofá, esperando que su madre les llevara las bandejas de la cena. La televisión aún no estaba encendida.

Llegó el señor Wormwood con un llamativo traje de cuadros y una corbata amarilla. Los horribles cuadros naranjas y verdes del saco y los pantalones casi deslumbraban al que lo miraba. Parecía un corredor de apuestas de ínfima calidad ataviado para la boda de su hija y, evidentemente, esa noche se sentía muy satisfecho consigo mismo. Se sentó en un sillón, se frotó las manos y se dirigió a su hijo en voz alta.

—Bien, hijo mío —dijo—, tu padre ha tenido un día muy afortunado. Esta noche es mucho más rico que esta mañana. He vendido nada menos que cinco coches, cada uno de ellos con un buen beneficio. Serrín en la caja de velocidades, el taladro eléctrico en los cables del cuentakilómetros, un poco de pintura aquí y allá y algunos otros pequeños trucos y los idiotas se desviven por comprarlos.

Sacó una hojita de papel del bolsillo y la examinó.

—Escucha, chico —continuó, dirigiéndose al hijo e ignorando a Matilda—. Dado que algún día estarás metido en este negocio conmigo, tienes que aprender a calcular al final de cada día los beneficios obtenidos. Trae un bloc y un lápiz y veamos lo inteligente que eres.

El hijo salió obedientemente de la habitación y regresó con los objetos de escritura solicitados.

—Anota estas cifras —dijo el padre, leyendo su hojita de papel—. Compré el coche número uno por doscientas setenta y ocho libras y lo vendí por mil cuatrocientas veinticinco. ¿Lo has entendido?

El chico de diez años anotó, lenta y cuidadosamente, las dos cifras por separado.

—El coche número dos —prosiguió el padre—
me costó ciento dieciocho libras y lo vendí por setecien-
tas sesenta. ¿Entendido?

—Sí, papá —dijo el hijo—. Lo he entendido.

—El coche número tres costó ciento once libras
y se vendió por novecientas noventa y nueve libras y
cincuenta peniques.

—Repítelo otra vez —pidió el hijo—. ¿Por cuánto se vendió?

—Por novecientas noventa y nueve libras y cincuenta peniques —dijo el padre—. Y, a propósito, ése es otro de mis estupendos trucos para engañar al cliente. No digas nunca una cifra redonda. Siempre un poco por debajo. No digas jamás mil libras. Di novecientas noventa y nueve cincuenta. Parece mucho menos, pero no lo es. Inteligente, ¿no?

—Mucho —dijo el hijo—. Eres muy listo, papá.

—El coche número cuatro costó ochenta y seis libras, era una ruina, y se vendió por seiscientas noventa y nueve libras con cincuenta.

—No vayas tan rápido —dijo el hijo, anotando las cifras—. Ya, ya está.

—El coche número cinco costó seiscientas treinta y siete libras y se vendió por mil seiscientas cuarenta y nueve con cincuenta. ¿Has anotado todas esas cifras, hijo?

—Sí, papá —respondió el chico, encorvado sobre el bloc mientras escribía cuidadosamente.

—Muy bien —dijo el padre—. Ahora calcula lo que he ganado con cada uno de los coches y suma el total. Así sabrás cuánto dinero ha ganado hoy tu inteligente padre.

—Son muchas sumas —objetó el chico.

—Claro que son muchas sumas —dijo el padre—. Pero cuando se está en un gran negocio, como lo estoy yo, tienes que ser un lince en aritmética. A mí me llevó menos de diez minutos calcularlo.

—¿Quieres decir que lo calculaste mentalmente, papá? —preguntó el hijo con ojos de asombro.

—Bueno, no exactamente —dijo el padre—. Nadie podría hacerlo. Pero no me llevó mucho tiempo. Cuando termines, dime cuáles son mis ganancias del día. Yo tengo el total apuntado aquí y ya te diré si estás en lo cierto.

Matilda dijo pausadamente:

—Papá, ganaste exactamente cuatro mil trescientas tres libras y cincuenta peniques.

—No te metas en esto —dijo el padre—. Tu hermano y yo estamos ocupados en altas finanzas.

—Pero, papá…

—¡Cállate! —dijo el padre—. Deja de calcular e intentar parecer inteligente.

—Mira tu cifra, papá —dijo amablemente Matilda—. Si la has calculado bien, tiene que ser cuatro mil trescientas tres libras y cincuenta peniques. ¿Es lo que te da a ti, papá?

El padre echó un vistazo al papel que tenía en la mano. Parecía haberse quedado rígido. Estaba muy tranquilo. Hubo un silencio. Luego dijo:

—Repítelo.

—Cuatro mil trescientas tres libras y cincuenta peniques —dijo Matilda.

Hubo otro silencio. El rostro del padre estaba empezando a ponerse rojo.

—Estoy segura de que es ésa —dijo Matilda.

—¡Tú... tú, tramposa! —gritó de repente el padre, señalándola con el dedo—. ¡Lo has visto en mi papel! ¡Has leído lo que tengo aquí escrito!

—Estoy en el otro lado de la sala —dijo Matilda—. ¿Cómo podría verlo?

—¡No digas tonterías! —gritó el padre—. ¡Claro que lo has visto! ¡Tienes que haberla visto! ¡Nadie en el mundo podría dar la respuesta así, y menos una niña! ¡Usted es una tramposa, señora mía, eso es lo que es usted! ¡Una tramposa y una embustera!

En ese momento llegó la madre llevando una gran bandeja con las cuatro bandejas más pequeñas de la cena. Esta vez, la cena consistía en pescado frito con papas fritas, que la señora Wormwood había comprado en la tienda al volver del bingo. Al parecer, el bingo de las tardes la dejaba tan agotada, tanto física como mentalmente, que nunca tenía fuerzas suficientes para cocinar una cena casera. Así que no era una bandeja con comida preparada, sino pescado y papas fritas de la freiduría.

—¿Por qué estás tan colorado, Harry? —preguntó mientras dejaba la bandeja sobre la mesita del café.

—Tu hija es una tramposa y una embustera —dijo el padre, agarrando su plato de pescado y colocándoselo en las rodillas—. Enciende la televisión y no hablemos más.

El hombre rubio platino

Matilda no tenía la más mínima duda de que esta última infamia de su padre se merecía un severo castigo, así que mientras comía su horrible pescado con papas fritas, su cerebro barajaba diversas posibilidades. A la hora de irse a la cama ya había tomado una decisión.

A la mañana siguiente se levantó temprano, fue al cuarto de baño y cerró la puerta. Como ya sabemos, la señora Wormwood llevaba el pelo teñido de un color rubio platino resplandeciente, muy parecido al reluciente color plateado de las mallas de una equilibrista de circo. Se teñía el pelo dos veces al año en la peluquería, pero la señora Wormwood lo cuidaba, aclarándolo en el lavabo más o menos todos los meses con un producto llamado TINTE RUBIO PLATINO EXTRAFUERTE PARA EL CABELLO. También le servía aquel producto para teñir las molestas raíces de color castaño. El frasco de TINTE RUBIO PLATINO EXTRAFUERTE PARA EL CABELLO se guardaba en el armarito del cuarto de baño y en la etiqueta, debajo del nombre, se leía "Precaución: peróxido. Manténgase fuera del alcance de los niños". Matilda lo había leído maravillada muchas veces.

El padre de Matilda tenía una espléndida cabellera negra, que peinaba con raya en medio, y de la que se sentía extremadamente orgulloso.

—Un buen pelo —le encantaba decir— significa que hay un buen cerebro debajo.

—Como Shakespeare —comentó una vez Matilda.

—¿Como quién?

—Como Shakespeare, papi.

—¿Era inteligente?

—Mucho, papi.

—Tendría un montón de pelo, ¿no?

—Era calvo, papi.

A lo cual, el padre respondió con brusquedad.

—Si no sabes decir cosas sensatas, cierra el pico.

Sea como sea, el señor Wormwood conservaba su pelo fuerte y reluciente o, al menos, así lo creía él, frotándose todas las mañanas con grandes cantidades de una loción llamada ACEITE DE VIOLETAS. TÓNICO CAPILAR. Siempre había un frasco de esta perfumada mezcla de color violáceo en la repisa de encima del lavabo, junto a los cepillos de dientes, y todos los días el señor Wormwood se daba un vigoroso masaje en el cuero cabelludo con ACEITE DE VIOLETAS, una vez que terminaba de afeitarse. Acompañaba este masaje capilar y del cuero cabelludo con fuertes gruñidos masculinos y profundos resuellos y exclamaciones de "¡Ah, así está mejor! ¡Así, hasta las raíces!", que Matilda percibía con toda claridad desde su cuarto, al otro lado del pasillo.

En la temprana intimidad del baño, Matilda desenroscó la tapa del ACEITE DE VIOLETAS de su padre y vertió tres cuartas partes de su contenido por el desagüe del lavabo. A continuación, rellenó el frasco con el TINTE RUBIO PLATINO EXTRAFUERTE PARA EL CABELLO de su madre. Dejó suficiente cantidad del tónico capilar de su padre para que, al agitarlo, la mezcla permaneciera aún razonablemente violácea. Tras eso, volvió a colocar el frasco en la repisa, sobre el lavabo, teniendo cuidado de dejar el tinte de su madre en el armario. Hasta aquí, bien.

A la hora del desayuno, Matilda estaba sentada tranquilamente en la mesa del comedor comiendo copos de maíz. Su hermano se sentaba frente a ella, de espaldas a la puerta, devorando trozos de pan recubiertos de una mezcla de mantequilla de cacahuate y mermelada de fresas. La madre estaba en la cocina, preparando el desayuno del señor Wormwood, que consistía siempre en dos huevos fritos con pan, tres salchichas de cerdo, dos tiras de tocino y unos tomates fritos.

En ese momento entró ruidosamente en la habitación el señor Wormwood. Era incapaz de entrar tranquilamente en una habitación, especialmente a la hora del desayuno. Siempre tenía que hacer sentir su presencia, originando mucho alboroto. Parecía como si dijera: "¡Soy yo, el gran hombre, el amo de la casa, el que gana el dinero y el que hace posible que los demás vivan tan bien! ¡Fíjense en mí y preséntenme sus respetos!".

Esta vez, le dio una palmadita en la espalda a su hijo al entrar y dijo con voz fuerte:

—Bien, hijo mío, tu padre presiente que está ante otro día productivo en el garaje. He comprado unas preciosidades que voy a endilgar esta mañana a los idiotas. ¿Dónde está mi desayuno?

—¡Ya va, cariño! —dijo la señora Wormwood desde la cocina.

Matilda tenía la vista baja, fija en los copos de maíz. No se atrevía a mirar. En primer lugar, no estaba segura en absoluto de lo que iba a ver. Y, en segundo lugar, si veía lo que creía que iba a ver, no confiaba en poderse mantener seria. El hijo, mientras se atiborraba de pan con mantequilla de cacahuate y mermelada de fresas, miraba hacia la ventana.

El padre se dirigía a la cabecera de la mesa para sentarse, cuando llegó de la cocina la madre con paso majestuoso, llevando un plato enorme, lleno de huevos, salchichas, tocino y tomates. Levantó la vista. Vio a su marido. Se quedó paralizada. Luego soltó un grito que pareció elevarse en el aire y dejó caer el plato con estrépito en el suelo. Todos pegaron un brinco, incluso el señor Wormwood.

—¿Qué demonios te pasa, mujer? —gritó—. ¡Mira cómo has puesto la alfombra!

—¡Tu pelo! —gritó histéricamente la mujer, señalando con dedo tembloroso a su marido—. ¡Mira tu pelo! ¿Qué te has puesto?

—¿Qué le pasa a mi pelo, si puede saberse?

—¡Oh, papá! ¿Qué te has puesto en el pelo? —exclamó el hijo.

Se estaba desarrollando una divertida y ruidosa escena en el comedor.

Matilda no dijo nada. Permaneció sentada, admirando el maravilloso efecto de su obra. La espléndida cabellera negra del señor Wormwood presentaba un color plateado sucio, el color, esta vez, de la malla de una equilibrista que no se hubiera lavado en toda la temporada de circo.

—¡Te lo has... te lo has teñido! —gritó histéricamente la madre—. ¿Por qué lo has hecho, imbécil? ¡Tienes un aspecto horrible! ¡Es horroroso! ¡Pareces un monstruo!

—¿De qué diablos estás hablando? —gritó el padre llevándose las manos al pelo—. ¡Naturalmente que no me lo he teñido! ¿Por qué dices eso! ¿Qué le ha pasado? ¿O se trata de algún chiste estúpido? —su cara se iba tornando verde pálido, el color de las manzanas ácidas.

—Tienes que habértelo teñido, papá —dijo el hijo—. Tiene el mismo color que el de mamá, sólo que más sucio.

—¡Claro que se lo ha teñido! —gritó la madre—. ¡No puede cambiar de color él solo! ¿Qué demonios querías hacer, volverte guapo o algo así? ¡Pareces como una abuela a la que se le hubiera ido la mano!

—¡Dame un espejo! —vociferó el padre—. ¡No te quedes gritándome! ¡Dame un espejo!

El bolso de la madre estaba en una silla, al otro extremo de la mesa. Lo abrió y sacó una polvera que tenía un espejito redondo en la parte interior de la tapa. La abrió y se la entregó a su marido. Éste la agarró violentamente y se la acercó a la cara y, al hacerlo, se derramó la mayor parte de los polvos de la polvera en su elegante saco de tweed.

—¡Ten cuidado! —gritó la madre—. ¡Mira lo que has hecho ahora! ¡Son los mejores polvos de Elizabeth Arden para la cara!

—¡Oh, Dios mío! —exclamó el padre al verse en el espejito—. ¿Qué ha pasado? ¡Tengo un aspecto horrible! ¡Parezco como si se te hubiera ido la mano a ti! ¡No puedo ir así al garaje a vender coches! ¿Cómo ha sucedido? —miró a su alrededor, primero a la madre, luego al hijo y, finalmente, a Matilda—. ¿Cómo ha podido suceder? —gritó.

—Supongo, papá —dijo Matilda tranquilamente—, que, sin darte cuenta, habrás agarrado de la repisa el frasco del producto de mamá en lugar del tuyo.

—¡Eso es lo que ha pasado, claro! —exclamó la madre—. ¿Cómo puedes ser tan estúpido, Harry? ¿Por qué no lees las etiquetas antes de echarte encima un producto? El mío es terriblemente fuerte. ¡Yo sólo uso una cucharada disuelta en una palangana de agua y vas tú y te lo echas directo en la cabeza! Posiblemente se te acabará cayendo el pelo. ¿Te pica el cuero cabelludo, cariño?

—¿Quieres decir que me voy a quedar sin pelo? —vociferó el marido.

—Creo que sí —dijo la madre—. El peróxido es un producto químico muy fuerte. Es lo que se emplea en el retrete para desinfectar la taza, sólo que con otro nombre.

—¿Qué estás diciendo? —gritó el marido—. ¡Yo no soy una taza de retrete! ¡No quiero que me desinfecten!

—Incluso diluido como lo uso yo —dijo la madre—, se me cae una gran cantidad de pelo, así que cualquiera sabe lo que te puede pasar a ti. Me sorprende que no se te haya caído ya todo lo de arriba.

—¿Y qué puedo hacer? —gimió el padre—. ¡Dime enseguida lo que tengo que hacer antes de que empiece a caerse!

—Si yo fuera tú —intervino Matilda—, me lo lavaría bien con agua y jabón, papá. Pero tendrás que darte prisa.

—¿Y con eso le volverá el color? —preguntó ansiosamente el padre.

—¡Claro que no, imbécil! —exclamó la madre.

—¿Qué hago, entonces? No puedo ir por ahí con este aspecto.

—Tendrás que teñírtelo de negro —dijo la madre—, pero lávatelo primero o no tendrás nada que teñir.

—¡Rápido! —gritó el padre, reaccionando—. ¡Consígueme una cita enseguida con tu peluquero para que me lo tiña! ¡Di que se trata de una emergencia! ¡Tendrá que quitar a alguien de la lista! Ahora voy a subir a lavármelo.

Dicho esto, el hombre salió a toda prisa de la habitación y la señora Wormwood, suspirando profundamente, se dirigió al teléfono para llamar al salón de belleza.

—Papá hace tonterías de vez en cuando, ¿no, mamá? —dijo Matilda.

La madre, mientras marcaba el número de teléfono, comentó:

—Me temo que los hombres no son siempre tan inteligentes como ellos se creen. Ya lo aprenderás cuando seas un poco mayor, hija.

La señorita Honey

Matilda empezó la escuela un poco tarde. La mayoría de los niños empezaban antes de los cinco años, pero los padres de Matilda, a los que, en todo caso, no les preocupaba mucho la educación de su hija, se olvidaron de hacer los arreglos precisos con anticipación. Cuando fue por primera vez a la escuela, tenía cinco años y medio.

La escuela para niños del pueblo era un edificio tristón de ladrillo, llamado Escuela Primaria Crunchem. Albergaba a unos doscientos cincuenta niños, de edades comprendidas entre cinco y poco menos de doce años. La directora, la jefa, la suprema autoridad de este establecimiento, era una dama terrible, de mediana edad, llamada señorita Trunchbull.

A Matilda, como es natural, le asignaron la clase inferior, donde había otros dieciocho niños, aproximadamente de su misma edad. La profesora era la señorita Honey, que no tendría más de veintitrés o veinticuatro años. Tenía un bonito rostro ovalado pálido de madona, con ojos azules y pelo castaño claro. Su cuerpo era tan delgado y frágil que daba la impresión de que, si se caía, se rompería en mil pedazos, como una figurita de porcelana.

La señorita Honey era una persona apacible y discreta; que nunca levantaba la voz y rara vez se le veía sonreír, pero, sin duda, tenía el don de que la adoraban todos los niños que estaban a su cargo. Parecía comprender perfectamente el desconcierto y el temor que tan a menudo embarga a los niños a los que, por primera vez en su vida, se les agrupa en una clase y se les dice que tienen que hacer lo que se les ordene. Cuando hablaba a un desconcertado y melancólico recién llegado a la clase, el rostro de la señorita Honey desprendía una casi tangible sensación de cordialidad.

La señorita Trunchbull, la directora, era totalmente diferente. Se trataba de un gigantesco ser terrorífico, un feroz monstruo tiránico que atemorizaba la vida de los alumnos y también de los profesores. Despedía un aire amenazador, aun a distancia, y cuando se acercaba a uno, casi podía notarse el peligroso calor que irradiaba, como si fuera una barra metálica al rojo vivo. Cuando marchaba por un pasillo —la señorita Trunchbull nunca caminaba, siempre marchaba como una tropa de asalto, con lar-

gas zancadas y exagerado balanceo de brazos—, se oían sus resoplidos al acercarse y, si por casualidad se encontraba un grupo de niños en su camino, se abría paso entre ellos como un tanque, y los niños tenían que apartarse a derecha e izquierda. Gracias a Dios, no nos topamos con muchas personas así en el mundo, aunque las hay y todos nos encontramos, por lo menos, con una de ellas en la vida. Si le pasa a usted, compórtese igual que si se hallara ante un rinoceronte furioso en la selva: súbase al árbol más cercano y quédese allí hasta que se haya ido. Es casi imposible describir a esta mujer, con sus excentricidades y su aspecto, pero intentaré hacerlo un poco más adelante. Dejémosla de momento y volvamos a Matilda y su primer día en la clase de la señorita Honey.

Tras pasar lista, la señorita entregó un cuaderno de ejercicios a cada alumno.

—Supongo que han traído sus lápices —dijo.

—Sí, señorita Honey —respondieron al unísono.

—Bien. Éste es el primer día de escuela para ustedes. Es el principio de once largos años de escuela, por lo menos, que tienen que pasar todos ustedes. Y seis de esos años los pasarán aquí, en la Escuela Crunchem, donde, como saben, la directora es la señorita Trunchbull. Ella quiere que haya una estricta disciplina en la escuela y, si quieren un consejo, hagan todo lo posible para comportarse bien en su presencia. No discutan nunca con ella. No le repliquen nunca. Hagan siempre lo que diga. Si se enfrentan a ella, puede hacerlos papilla. No es cosa de risa, Lavender. Suprime esa sonrisa de tu cara. Harán bien en recordar que la señorita Trunchbull es muy severa con cualquiera que se sale de las normas de esta escuela. ¿Han entendido lo que quiero decir?

—Sí, señorita Honey —canturrearon dieciocho excitadas vocecillas.

—Por mi parte —prosiguió la señorita Honey—, quiero ayudarles a que aprendan todo lo posible

mientras estén en esta clase. Sé que eso les facilitará luego las cosas. Así, pues, espero que para finales de semana sepan todos la tabla de multiplicar del dos y, al final del curso, que hayan aprendido las tablas de multiplicar hasta doce. Si las aprenden, les ayudará enormemente. Veamos ahora. ¿Alguno de ustedes sabe la tabla de multiplicar del dos?

Matilda levantó la mano. Era la única.

La señorita Honey miró atentamente a la pequeña de pelo oscuro y cara redonda y seria sentada en la segunda fila.

—Magnífico —dijo—. Levántate, por favor, y dila hasta donde sepas.

Matilda se puso de pie y comenzó a decir la tabla del dos. Cuando llegó a "dos por doce, veinticuatro", no

se detuvo. Siguió con "dos por trece, veintiséis", "dos por catorce, veintiocho", "dos por quince, treinta", "dos por dieciséis…".

—¡Basta! —dijo la señorita Honey. Había escuchado deleitada aquel tranquilo recital y preguntó—: ¿Hasta dónde sabes?

—¿Hasta dónde? —dijo Matilda—. La verdad es que no lo sé, señorita Honey—. Bastante más, supongo.

La señorita Honey se tomó unos instantes para digerir aquella curiosa afirmación.

—¿Crees —preguntó— que sabrías decirme cuántas son dos por veintiocho?

—Sí, señorita Honey.

—¿Cuántas son?

—Cincuenta y seis, señorita Honey.

—Veamos algo más difícil, como, por ejemplo, dos por cuatrocientas ochenta y siete. ¿Sabrías decirme cuántas son?

—Sí, creo que sí —dijo Matilda.

—¿Estás segura?

—Claro que sí, señorita Honey, estoy segura.

—Entonces dime cuántas son dos por cuatrocientas ochenta y siete.

—Novecientas setenta y cuatro —respondió al instante Matilda. Hablaba tranquila y cortésmente, sin ningún alarde de presunción.

La señorita Honey miró a Matilda totalmente asombrada, pero cuando volvió a hablar lo hizo sin alterar el tono de voz.

—Eso es estupendo —dijo— pero, por supuesto, multiplicar por dos es mucho más fácil que por otros números mayores. ¿Sabes alguna otra tabla de multiplicar?

—Eso creo, señorita Honey. Creo que sí.

—¿Cuáles, Matilda? ¿Hasta cuál sabes?

—No… no lo sé exactamente —respondió Matilda—. No sé lo que quiere usted decir.

—Quiero decir que si sabes la tabla de multiplicar del tres.

—Sí, señorita Honey.

—¿Y la del cuatro?

—Sí, señorita Honey.

—Bueno, ¿cuántas sabes, Matilda? ¿Sabes todas hasta la del doce?

—Sí, señorita Honey.

—¿Cuántas son doce por siete?

—Ochenta y cuatro —respondió Matilda.

La señorita Honey hizo una pausa y se echó hacia atrás en su asiento, tras la mesa desnuda que había frente a la clase. Se sentía totalmente desconcertada por aquella situación, pero tuvo buen cuidado en no demostrarlo. Nunca se había encontrado con una niña de cinco años, ni siquiera de diez, que supiera multiplicar con tal facilidad.

—Espero que estén escuchando esto —dijo dirigiéndose al resto de la clase—. Matilda es una chica muy afortunada. Tiene unos padres maravillosos que ya le han enseñado a multiplicar por un montón de números. ¿Fue tu madre la que te enseñó, Matilda?

—No, señorita Honey, no.

—Entonces tienes que tener un padre magnífico. Debe de ser un profesor excelente.

—No, señorita Honey —dijo Matilda reposadamente—. Mi padre no me ha enseñado.

—¿Quieres decir que has aprendido sola?

—No lo sé muy bien —dijo honradamente Matilda—. Es sólo que no encuentro muy difícil multiplicar un número por otro.

La señorita Honey aspiró profundamente y dejó escapar luego el aire con lentitud. Volvió a mirar a la chiquilla de ojos brillantes que permanecía de pie junto a su pupitre, con aspecto sensato y solemne.

—Dices que no te resulta difícil multiplicar un número por otro —dijo la señorita Honey—. ¿Podrías explicarme eso un poco más?

—¡Oh! —exclamó Matilda—. No estoy muy segura.

—Por ejemplo —dijo la señorita Honey—, si te pregunto cuántas son catorce por diecinueve… no, eso es demasiado difícil…

—Doscientas sesenta y seis —dijo Matilda, suavemente.

La señorita Honey la miró. Luego cogió un lápiz y realizó la operación con rapidez en un papel.

—¿Cuánto dijiste que era? —preguntó, levantando la vista.

—Doscientas sesenta y seis —respondió Matilda.

La señorita Honey dejó el lápiz, se quitó las gafas y se puso a limpiar los cristales con un pañuelo de papel. La clase estaba callada, observándola y aguardando lo que vendría a continuación. Matilda seguía de pie junto a su pupitre.

—Bueno, dime una cosa, Matilda —inquirió la señorita Honey, que seguía limpiando las gafas—. Procura decirme exactamente lo que sucede dentro de tu cabeza cuando tienes que efectuar una multiplicación como ésa. Evidentemente, tienes que calcularla de alguna forma, pero parece que sabes la respuesta casi al instante. Fíjate en lo que acabas de decir, catorce multiplicado por diecinueve.

—Yo… yo, simplemente, apunto catorce en mi cabeza y lo multiplico por diecinueve —aclaró Matilda—. No sé cómo explicarlo de otra forma. Siempre me he dicho que si lo hacía una pequeña calculadora de bolsillo, por qué no iba a poder hacerlo yo.

—Claro, claro —asintió la señorita Honey—. El cerebro humano es una cosa asombrosa.

—Yo creo que es mucho mejor que un trozo de metal —afirmó Matilda—. Una calculadora no es más que eso.

—Cierto —dijo la señorita Honey—. De todas formas, en esta escuela no se permiten las calculadoras de bolsillo.

La señorita Honey comenzaba a sentir estremecimientos. No le cabía la menor duda de que se encontraba ante un cerebro matemático verdaderamente extraordinario y en su mente empezaron a revolotear palabras como niña genial y niña prodigio. Sabía que esa clase de maravillas surgen en el mundo de vez en cuando, aunque sólo una o dos veces en un centenar de años. Al fin y al cabo, Mozart sólo tenía cinco años cuando comenzó a componer piezas para piano, y hay que ver a lo que llegó.

—No es justo —dijo Lavender—. ¿Cómo puede hacerlo ella y nosotros no?

—No te preocupes, Lavender, pronto lo aprenderás —respondió la señorita Honey, mintiendo entre dientes.

Al llegar a ese punto, la señorita Honey no pudo resistir la tentación de explorar más profundamente la mente de aquella asombrosa niña. Sabía que debería prestar alguna atención al resto de la clase, pero estaba demasiado emocionada para abandonar el tema.

—Bien —dijo, aparentando dirigirse a toda la clase—, dejemos de momento los números y veamos si alguno de ustedes ya sabe deletrear. Levanten la mano los que sepan deletrear la palabra "gato".

Se alzaron tres manos. La de Lavender, la de un chico pequeño llamado Nigel y la de Matilda.

—A ver, Nigel, deletrea "gato".

Nigel deletreó la palabra.

La señorita Honey decidió hacer una pregunta que, normalmente, no se le hubiera ocurrido hacer el primer día de clase.

—No sé —dijo— si alguno de ustedes tres, que saben deletrear la palabra "gato", han aprendido a leer un grupo de palabras que forman una frase.

—Yo lo sé —dijo Nigel.

—Yo también —dijo Lavender.

La señorita Honey se dirigió a la pizarra y escribió con gis la frase "Yo ya he aprendido a leer frases largas". La había puesto difícil a propósito y sabía que había pocos niños de cinco años que fueran capaces de leerla.

—Nigel, ¿sabes lo que dice?

—Es muy difícil —dijo Nigel.

—¿Y tú, Lavender?

—La primera palabra es "yo" —dijo Lavender.

—¿Alguno de ustedes puede leer la frase entera? —preguntó la señorita Honey, aguardando el "sí" que estaba segura que escucharía de Matilda.

—Sí —dijo Matilda.

—Adelante —dijo la señorita Honey.

Matilda leyó la frase sin la menor vacilación.

—Eso está muy bien —dijo la señorita Honey, haciendo la afirmación de su vida—. ¿Cuánto puedes leer, Matilda?

—Creo que puedo leer la mayoría de las cosas, señorita Honey —respondió Matilda—, aunque no siempre entiendo el significado.

La señorita Honey se levantó y salió rápidamente del aula, regresando al cabo de treinta segundos con un grueso libro. Lo abrió al azar y lo dejó sobre el pupitre de Matilda.

—Éste es un libro de poesía humorística —dijo—. Veamos si eres capaz de leer en voz alta.

Tranquilamente, sin una pausa y a buena velocidad, Matilda comenzó a leer:

Un sibarita, cenando en Siso
encontró un ratón de buen tamaño en su guiso.
—No grite —el camarero le dijo—
ni se lo diga a nadie, pues de fijo
los demás querrán también otro en su plato.

Algunos niños captaron el lado humorístico de la rima y se rieron. La señorita Honey preguntó:

—¿Sabes lo que es un sibarita, Matilda?

—Alguien que es muy exquisito con la comida —respondió Matilda.

—Es correcto —dijo la señorita Honey—. ¿Y sabes, por casualidad, cómo se llama ese tipo de poesía?

—Se llama quintilla —explicó Matilda—. Ésta es preciosa. Tiene mucha gracia.

—Es muy conocida —aclaró la señorita Honey, recogiendo el libro y regresando a su mesa frente a la

clase—. Una quintilla ingeniosa es muy difícil de escribir
—añadió—. Parecen fáciles, pero, desde luego, no lo son.

—Lo sé —dijo Matilda—. Yo he escrito algunas,
pero las mías no son nada buenas.

—Has escrito algunas, ¿eh? —preguntó la señorita Honey, más asombrada que nunca—. Bien, Matilda,
me encantaría mucho escuchar una de esas quintillas que
dices que has escrito. ¿Te acuerdas de alguna?

—Bien —dijo Matilda, dudando—. Ahora mis-
mo, mientras estábamos sentados he intentado hacer una
sobre usted, señorita Honey.

—¿Sobre mí? —exclamó la señorita Honey—.
Bueno, oigámosla, ¿no?

—No me atrevo a recitarla, señorita Honey.

—Recítala, por favor —pidió la señorita Honey—.
Te prometo que no me va a molestar.

—Creo que sí, señorita Honey, porque he inclui-
do su nombre de pila y por eso no quiero recitarla.

—¿Cómo sabes mi nombre de pila? —preguntó
la señorita Honey.

—Antes de entrar oí a otra profesora llamándola
—respondió Matilda—. La llamó Jenny.

—Insisto en escuchar esa quintilla —dijo la señorita Honey, desplegando una de sus raras sonrisas—.
Levántate y recítala.

Matilda se puso en pie de mala gana y muy despacio, y muy nerviosa, recitó su quintilla:

Lo que de Jenny todos tenemos en mente
es si probablemente
hay en esta escuela bendita
chicas de cara tan bonita.
La respuesta a eso es: "¡Ninguna!".

El rostro pálido y agradable de la señorita Honey
enrojeció. Luego, volvió a sonreír una vez más. Esta vez

fue una sonrisa más abierta, una sonrisa de
puro placer.

—Vaya, gracias, Matilda —dijo, aún sonriendo—. Aunque no dice
la verdad, me parece una quintilla realmente buena. ¡Oh, Dios mío, tengo
que procurar acordarme de ella!

Desde la tercera fila de
pupitres, dijo Lavender:

—Es buena. A mí me ha
gustado.

—También dice la ver-
dad —afirmó un chico llamado
Rupert.

—Claro que dice la verdad
—dijo Nigel.

La clase había comenzado ya a
congeniar con la señorita Honey, aun-
que ella apenas se había fijado en alguno de ellos, a excepción de Matilda.

—¿Quién te ha enseñado a leer, Matilda? —preguntó.

—He aprendido sola, señorita Honey.

—¿Y has leído libros tú sola?

Me refiero a libros para niños.

—He leído todos los que hay en la biblioteca pública de la calle Mayor, señorita Honey.

—¿Te gustaron?

—Desde luego, me gustaron muchos de ellos
—contestó Matilda—, pero otros los encontré insulsos.

—Dime uno que te haya gustado.

—Me gustó *El león, la bruja y el armario* —dijo
Matilda—. Creo que C. S. Lewis es un escritor muy bueno, pero tiene un defecto. En sus libros no hay pasajes
cómicos.

—En eso tienes razón —dijo la señorita Honey.

—Tampoco hay pasajes cómicos en los de Tolkien.

—¿Crees que todos los libros para niños deben tener pasajes cómicos? —preguntó la señorita Honey.

—Sí —dijo Matilda—. Los niños no son tan serios como las personas mayores y les gusta reírse.

La señorita Honey estaba sorprendida del sentido común de aquella niña tan pequeña.

—¿Y qué vas a hacer ahora que ya has leído todos los libros para niños? —preguntó.

—Estoy leyendo otros libros —aclaró Matilda—. Los pido prestados en la biblioteca. La señora Phelps es muy amable conmigo. Me ayuda a elegirlos.

La señorita Honey estaba apoyada en su mesa de trabajo, mirando maravillada a la niña. Había olvidado por completo al resto de la clase.

—¿Qué otros libros? —murmuró.

—Me encanta Charles Dickens —dijo Matilda—. Me hace reír mucho, especialmente el señor Pickwick.

En ese momento sonó el timbre del pasillo indicando el final de la clase.

La Trunchbull

A la hora del recreo, la señorita Honey salió de la clase y se fue directo al despacho de la directora. Estaba enormemente emocionada. Acababa de conocer a una niña que poseía, o eso le parecía a ella al menos, cualidades extraordinariamente geniales. Aún no había tenido tiempo de averiguar con precisión lo genial que era la niña, pero la señorita Honey había visto lo suficiente para darse cuenta de que había que hacer algo lo antes posible. Hubiera sido ridículo dejar a una niña como aquélla en la clase inferior.

Normalmente, a la señorita Honey le aterrorizaba la directora y procuraba mantenerse alejada de ella, pero en ese momento se sentía dispuesta a enfrentarse a cualquiera. Llamó con los nudillos a la puerta del temido despacho.

—¡Entre! —tronó la profunda y amenazadora voz de la señorita Trunchbull. La señorita Honey entró.

A la mayoría de los directores de escuela los eligen porque reúnen ciertas cualidades. Comprenden a los niños y se preocupan de lo que es mejor para ellos. Son simpáticos, amables y les interesa profundamente la educación. La señorita Trunchbull no poseía ninguna de estas cualidades y era un misterio cómo había conseguido su puesto.

Era, sobre todo, una mujerona impresionante. En tiempos pasados fue una famosa atleta y, aun ahora, se apreciaban claramente sus músculos. Se le notaban en su cuello de toro, en sus amplias espaldas, en sus gruesos brazos, en sus vigorosas muñecas y en sus fuertes piernas. Al mirarla, daba la impresión de ser una de esas personas que doblan barras de hierro y desgarran por la mitad directorios telefónicos. Su rostro no mostraba nada de bonito ni de alegre. Tenía una barbilla obstinada, boca cruel y ojos pequeños y altaneros. Y por lo que respecta a su atuendo... era, por no decir otra cosa peor, extraño. Siempre vestía un guardapolvo de algodón marrón, ceñido a la cintura por un cinturón ancho de cuero. El cinturón se abrochaba por delante con una enorme hebilla de plata. Los macizos muslos que emergían del guardapolvo los llevaba enfundados en unos impresionantes pantalones de montar de color verde botella, de tela basta de sarga. Los pantalones le llegaban justo por debajo de las rodillas y, de ahí hacia abajo, lucía calcetines verdes con vuelta, que ponían de manifiesto los músculos de sus pantorrillas. Calzaba zapatos de color marrón con lengüetas. En suma, parecía más una excéntrica y sanguinaria aficionada a las monterías que la directora de una bonita escuela para niños.

Al entrar la señorita Honey en el despacho, la señorita Trunchbull estaba junto a su gran mesa de trabajo, con la impaciencia reflejada en su rostro ceñudo.

—Sí, señorita Honey —dijo—. ¿Qué quiere usted? Esta mañana parece usted muy sofocada y nerviosa. ¿Qué le pasa? ¿Le han estado tirando bolitas de papel masticado esos pequeños bicharracos?

—No, señora directora, nada de eso.

—¿Qué es entonces? Adelante con ello. Soy una mujer ocupada —mientras hablaba se sirvió un vaso de agua de una jarra que había siempre en su mesa.

—Hay una niña en mi clase, que se llama Matilda Wormwood... —empezó a decir la señorita Honey.

—Es la hija del propietario de Wormwoods Motors —vociferó la señorita Trunchbull. Casi nunca hablaba con voz normal. O vociferaba o gritaba—. Una excelente persona ese Wormwood —prosiguió—. Justamente ayer estuve allí. Me vendió un coche. Casi nuevo. Sólo tiene diez mil kilómetros. La propietaria anterior era una señora mayor que sólo lo utilizaba una vez al año como mucho. Una verdadera ganga. Sí, me gusta ese Wormwood. Un auténtico pilar de nuestra sociedad. Aunque me dijo que su hija era una mala persona. Que la vigiláramos. Dijo que si alguna vez sucedía algo malo en la escuela, seguro que la culpable era su hija. Aún no conozco a esa mocosa, pero cuando lo haga se va a enterar. Su padre dijo que era una verdadera pesadilla.

—¡Oh, no, señora directora, eso no puede ser cierto! —exclamó la señorita Honey.

—¡Oh, sí, señorita Honey, es condenadamente cierto! Es más, ahora que caigo en cuenta, apuesto cualquier cosa a que fue ella la que echó esta mañana aquí, debajo de mi mesa, una bomba fétida. ¡Esto huele como una cloaca! ¡Claro que fue ella! ¡La castigaré por eso, ya lo verá! ¿Qué aspecto tiene? Seguro que parece un asqueroso gusano. Mire, señorita Honey, a lo largo de mi dilatada carrera como profesora he aprendido que una niña mala es muchísimo más peligrosa que un niño malo. Y lo que resulta más importante, son bastante más difíciles de dominar. Dominar a una niña es como tratar de aplastar a una mosca. Cuando la golpeas, la maldita ya no está allí. Las niñas son criaturas repugnantes y malas. Me alegro de no haberlo sido nunca.

—Pero usted ha tenido que ser niña alguna vez, señora directora. Seguro que lo ha sido.

—No por mucho tiempo —rugió la señorita Trunchbull, sonriendo desagradablemente—. Me hice mujer enseguida.

"Ha perdido la cabeza", se dijo para sí la señorita Honey. "Está chiflada". Permaneció resueltamente ante la directora. Por una vez no se iba a dejar intimidar.

—Debo decirle, señora directora, que si cree usted que fue Matilda la que le puso la bomba fétida debajo de la mesa está completamente equivocada.

—¡Yo nunca me equivoco, señorita Honey!

—Pero, señora directora, la niña llegó a la escuela esta mañana y fue directamente a clase…

—¡No discuta conmigo, por todos los diablos! ¡Esa pequeña bestia de Matilda, o como quiera que se llame, ha echado una bomba fétida en mi despacho! ¡No hay la menor duda de eso! Gracias por sugerírmelo.

—Pero si yo no se lo he sugerido, señora directora.

—¡Claro que sí! Ahora dígame lo que quería, señorita Honey. ¿Por qué me hace perder el tiempo?

—Vine para hablarle de Matilda, señora directora. Tengo que informarle de algo extraordinario sobre esa niña. ¿Puedo contarle lo que acaba de suceder en clase?

—Supongo que le prendería fuego a su camisa y le habrá chamuscado las medias —la señorita Trunchbull bufó.

—¡No, no! Matilda es un genio.

Al pronunciar esta palabra, el rostro de la señorita Trunchbull se tornó rojo y su cuerpo pareció hincharse como el de un sapo.

—¡Un genio! —gritó—. ¿Qué tonterías está usted diciendo, señora mía? ¡Usted no está bien de la cabeza! Su padre me ha dado su palabra de que la niña es una gángster.

—Su padre está equivocado, señora directora.

—¡No sea estúpida, señorita Honey! ¡Usted conoce a esa pequeña bestia desde hace media hora y su familia la ha conocido toda su vida!

Pero la señorita Honey estaba decidida a hablar y empezó a contarle algunas de las sorprendentes cosas que Matilda había realizado con los números.

—Así que se ha aprendido algunas tablas de memoria, ¿no? —vociferó la señorita Trunchbull—. Querida mía, eso no la convierte en un genio. ¡La convierte en un loro!

—Pero, señora directora, sabe leer.

—Y yo también —tronó la señorita Trunchbull.

—Opino —dijo la señorita Honey— que habría que trasladar inmediatamente a Matilda de mi clase a la superior, con los de once años.

—¡Ya! —dijo con un bufido la señorita Trunchbull—. Así que quiere librarse de ella, ¿no? ¡Para no tener que liárselas con ella! Quiere usted pasársela a la desgraciada señorita Plimsoll, de la clase superior, donde podría crear aún más caos, ¿no?

—¡No, no! —exclamó la señorita Honey—. Ése no es el motivo en absoluto.

—¡Oh, sí que lo es! —gritó la señorita Trunchbull—. Adivino su plan, señora mía. ¡Y mi respuesta es no! Matilda se quedará donde está y es obligación suya que se comporte bien.

—Pero, señora directora, por favor…

—¡Ni una palabra más! —gritó la señorita Trunchbull—. Y, en cualquier caso, tengo por norma que todos los niños se agrupen por edades, sin reparar en sus aptitudes. No voy a tener a una bribona de cinco años junto

a los niños mayores en la clase superior. ¡Quién ha oído hablar alguna vez de una cosa así!

La señorita Honey permaneció desolada ante aquella gigante de cuello rojo. Podría haber dicho muchas más cosas, pero sabía que sería inútil.

—Está bien —dijo con voz apagada—. Lo que usted quiera, señora directora.

—Puede estar segura de que será como yo quiera —rugió la señorita Trunchbull—. Y no olvide, señora mía, que nos enfrentamos a una pequeña víbora que echó una bomba fétida debajo de mi escritorio…

—¡Ella no lo hizo, señora directora!

—¡Claro que lo hizo! —dijo con voz tonante la señorita Trunchbull—. Y le voy a decir una cosa. Me gustaría que me permitieran usar el látigo y el cinto como se hacía en los viejos tiempos. Le hubiera calentado el trasero a Matilda de tal forma que no hubiera podido sentarse en un mes.

La señorita Honey se volvió y salió del despacho, sintiéndose deprimida pero en modo alguno derrotada. "Tengo que hacer algo por esa niña", se dijo. "No sé qué, pero tengo que encontrar la forma de ayudarla".

Los padres

Cuando la señorita Honey salió del despacho de la directora, la mayoría de los niños estaban en el patio de recreo. Lo primero que hizo fue ir a ver a varios profesores del curso superior y pedirles prestados cierto número de libros de texto de álgebra, geometría, francés, literatura inglesa y otras cosas. Luego buscó a Matilda y la llevó a la clase.

—No tiene ningún sentido —dijo— que estés sentada en clase sin hacer nada mientras yo les enseño a los demás la tabla de multiplicar del dos y a deletrear gato, rata y ratón. Así que durante las clases te dejaré uno de estos libros para que estudies. Al final de la clase me puedes hacer las preguntas que quieras, si tienes alguna, y yo intentaré ayudarte. ¿Qué te parece? —dijo la señorita Honey.

—Gracias, señorita Honey —respondió Matilda—. Me parece estupendo.

—Estoy segura —respondió Honey— de que conseguiremos trasladarte más adelante a una clase superior, pero, de momento, la directora quiere que sigas donde estás.

—Muy bien, señorita Honey —dijo Matilda—. Muchas gracias por conseguirme esos libros.

"Qué niña más agradable", pensó la señorita Honey. "No me importa lo que haya dicho su padre de ella;

parece muy tranquila y es muy amable conmigo. Y nada engreída a pesar de su talento. La verdad es que no parece darse cuenta de ello". Así, pues, cuando se reanudó la clase, Matilda se dirigió a su pupitre y se puso a estudiar en un libro de geometría que le había dejado la señorita Honey. La profesora no le quitó el ojo durante todo el tiempo y observó que la niña no tardaba en quedarse absorta en el libro. No levantó la vista para nada durante toda la clase.

Mientras tanto, la señorita Honey tomaba una decisión. Tenía que ir y hablar en privado con el padre y la madre de Matilda lo antes posible. Se negaba a dejar las cosas como estaban. Todo el asunto era ridículo. No podía creer que los padres ignoraran totalmente las sobresalientes aptitudes de su hija. Después de todo, el señor Wormwood era un próspero vendedor de coches, por lo que suponía que tenía que ser un hombre inteligente. En todo caso, los padres nunca subestimaban el talento de sus hijos. Muy al contrario. A veces, a un profesor le resultaba casi imposible convencer a un padre orgulloso de que su amado hijo era un completo asno. La señorita Honey confiaba en que no tendría dificultades para convencer al matrimonio Wormwood de que Matilda era algo muy especial. El problema iba a ser evitar que se entusiasmaran demasiado.

Las ilusiones de la señorita Honey se iban ampliando. Se preguntó si los padres la autorizarían a darle clases particulares a Matilda después de la escuela. La perspectiva de preparar a una niña tan brillante estimulaba enormemente su instinto profesional. De pronto, decidió que iría a ver a los señores Wormwood esa misma noche. Iría bastante tarde, entre las nueve y las diez, cuando estaba segura de que Matilda se encontraría en la cama.

Y eso fue exactamente lo que hizo. Tras conseguir la dirección en los archivos de la escuela, la señorita Honey salió de su casa para dirigirse andando a la de los Wormwood, poco después de las nueve.

Encontró la casa en una calle agradable, en la que cada diminuto edificio estaba separado de sus vecinos por un trozo de jardín. Era una casa moderna, de ladrillo, que no debía de haber sido barata, y el nombre de la puerta decía rincón acogedor. "Cocinera metomentodo* hubiera sido mejor", pensó la señorita Honey. Era aficionada a los juegos de palabras como aquél. Subió el sendero y llamó al timbre y, mientras aguardaba, escuchó la televisión atronando dentro.

Abrió la puerta un hombrecillo de rostro malhumorado y bigotillo esmirriado, que llevaba un saco deportivo de rayas naranjas y rojas.

—¿Sí? —preguntó examinando a la señorita Honey—. Si usted vende boletos para alguna rifa, no quiero ninguno.

—No —aclaró la señorita Honey—. Por favor, perdone que me presente así, sin más. Soy la profesora de Matilda y es preciso que hable con usted y con su esposa.

—Ya tiene problemas, ¿no? —dijo el señor Wormwood, obstaculizando la entrada—. Bueno, a partir de ahora es responsabilidad suya. Tendrá que ocuparse usted de ella.

—Matilda no tiene ningún problema —explicó la señorita Honey—. He venido a traerle buenas noticias. Noticias bastante asombrosas, señor Wormwood. ¿Puedo pasar unos minutos y hablar con ustedes de Matilda?

—Estamos viendo uno de nuestros programas preferidos —dijo el señor Wormwood—. Su visita es un poco inoportuna. ¿Por qué no viene en otra ocasión?

La señorita Honey empezó a perder la paciencia.

---

* Juego de palabras entre *cosy nook*, "rincón acogedor" y *nosey cook*, "cocinera metomentodo". (*N. del T.*)

—¡Señor Wormwood, si cree usted que un nauseabundo programa de televisión es más importante que
el futuro de su hija, no debería ser padre! ¿Por qué no
apaga ese maldito aparato y me escuchan?

Eso desconcertó al señor Wormwood. No estaba
acostumbrado a que le hablaran de aquella forma. Miró
atentamente a la delgada y frágil mujer que permanecía
tan resueltamente en el porche.

—Muy bien —aceptó bruscamente—. Entre y hablaremos de ello.

La señorita Honey entró con paso decidido.

—A la señora Wormwood no le va a hacer gracia —dijo el hombre, mientras la conducía al cuarto de estar, donde una mujerona rubia platino miraba entusiasmada la pantalla del televisor.

—¿Quién es? —preguntó la mujer, sin mirar.

—Una profesora de la escuela. Dice que tiene que hablar con nosotros de Matilda —se acercó al televisor y quitó el sonido, dejando la imagen.

—¡No hagas eso, Harry! —gritó la señora Wormwood—. ¡Willard está a punto de declararse a Angelica!

—Puedes seguir mirando mientras hablamos —dijo el señor Wormwood—. Ésta es la profesora de Matilda. Dice que tiene que contarnos una serie de cosas.

—Me llamo Jennifer Honey —se presentó—. ¿Cómo está usted, señora Wormwood?

La señora Wormwood la miró con cara de pocos amigos y dijo:

—¿Qué es lo que pasa?

Nadie invitó a la señorita Honey a sentarse, por lo que eligió una silla y se sentó.

—Hoy ha sido el primer día de clase de su hija.

—Ya lo sabemos —dijo la señora Wormwood, enfadada por tener que perderse el programa—. ¿Es eso todo lo que ha venido a decirnos?

La señorita Honey miró severamente los ojos grises de la otra mujer, hasta que la señora Wormwood se sintió incómoda.

—¿Me permiten que les explique para qué he venido? —preguntó.

—Adelante —dijo la señora Wormwood.

—Ustedes deben saber —comenzó la señorita Honey— que los niños del curso inferior de la escuela no suelen saber leer, ni deletrear ni hacer malabarismos con los números cuando llegan a ella. Los niños de cinco años no pueden hacerlo. Pero Matilda hace todo eso. Y si he de creer lo que dice...

—Yo no lo creería —dijo la señora Wormwood, aún furiosa por no tener sonido en el televisor.

—¿Mentía entonces —preguntó la señorita Honey— cuando me dijo que nadie la había enseñado a multiplicar y a leer? ¿Alguno de ustedes le ha enseñado?

—¿Enseñado a qué? —preguntó el señor Wormwood.

—A leer. A leer libros —dijo la señorita Honey—. Puede que la hayan enseñado ustedes y que haya mentido ella. Quizá tengan ustedes estanterías llenas de libros por toda la casa. Yo no podía saberlo. Puede que sean ustedes grandes lectores.

—Claro que leemos —asintió el señor Wormwood—. No diga tonterías. Yo leo todas las semanas el *Autocar* y el *Motor* de cabo a rabo.

—Esa niña ha leído ya un número asombroso de libros —continuó la señorita Honey—. Únicamente quería

saber si provenía de una familia amante de la buena literatura.

—Nosotros no somos muy aficionados a leer libros —replicó el señor Wormwood—. Uno no puede labrarse un futuro sentado sobre el trasero y leyendo libros de cuentos. No tenemos libros en casa.

—Ya veo —dijo la señorita Honey—. Bien, todo lo que quería decirles es que Matilda tiene un talento extraordinario, pero supongo que ya lo sabrán ustedes.

—Claro que sabíamos que leía —dijo la madre—. Se pasa la vida en su cuarto enfrascada en algún libro absurdo.

—Pero ¿no les llama la atención —preguntó la señorita Honey— que una niña de cinco años lea extensas novelas para adultos, de Dickens y Hemingway? ¿No les impresiona eso?

—No especialmente —dijo la madre—. No me gustan las chicas sabelotodo. Una chica debe preocuparse por ser atractiva para conseguir luego un buen marido. La belleza es más importante que los libros,* señorita Hunky…

---

* Juego de palabras en el que "belleza" (*looks*) y "libros" (*books*) riman. (*N. del T.*)

—Me llamo Honey —corrigió la señorita Honey.

—Míreme a mí —dijo la señora Wormwood— y luego mírese usted. Usted prefirió los libros. Yo, la belleza.

La señorita Honey miró a la vulgar y regordeta persona con cara de pastel y segura de sí misma que estaba sentada al otro lado de la habitación.

—¿Qué ha dicho usted? —preguntó.

—He dicho que usted eligió los libros y yo la belleza —dijo la señora Wormwood—. ¿Y a quién le ha ido mejor? A mí, por supuesto. Yo vivo cómodamente en una casa preciosa con un próspero hombre de negocios y usted trabaja como una negra, enseñándole el abecedario a un montón de niños horribles.

—Muy cierto, ricura —dijo el señor Wormwood, lanzando a su mujer una mirada tan conmovedoramente tierna que hubiera hecho vomitar a un gato.

La señorita Honey pensó que si quería conseguir algo de aquella gente no debía perder la paciencia.

—No les he contado todo —dijo—. Matilda, por lo que he podido advertir hasta ahora, es también una especie de genio matemático. Multiplica mentalmente cifras complicadas, como el rayo.

—¿Para qué sirve eso si uno puede comprarse una calculadora? —preguntó el señor Wormwood.

—Una chica no consigue un hombre siendo inteligente —dijo la señora Wormwood—. Mire, por ejemplo, a esa actriz —añadió, señalando la muda pantalla del televisor, en la que un apuesto actor abrazaba a una actriz pechugona a la luz de la luna—. No creerá usted que lo ha conseguido haciéndole multiplicaciones, ¿no? Probablemente no. Y ahora él se va a casar con ella, ya lo verá, y va a vivir en una mansión con un mayordomo y un montón de sirvientes.

La señorita Honey apenas daba crédito a lo que estaba oyendo. Había oído que había en el pueblo padres como aquéllos y que sus hijos acababan siendo delincuentes y marginados, pero para ella fue un choque conocer a unos padres así al natural.

—El problema de Matilda —dijo, intentándolo una vez más— es que se encuentra tan por encima de cualquiera de los que están en su entorno, que valdría la pena pensar en algún tipo de enseñanza privada. Creo sinceramente que podría alcanzar el nivel universitario en dos o tres años de enseñanza apropiada.

—¿Universidad? —gritó el señor Wormwood, dando un brinco de su asiento—. ¡Quién quiere ir a la universidad, por Dios! ¡Allí sólo aprenden malas costumbres!

—Eso no es cierto —dijo la señorita Honey—. Si usted sufriera ahora un ataque cardiaco y tuviera que llamar a un médico, ese médico sería un licenciado universitario. Si a usted lo denunciaran por venderle a alguien un coche usado estropeado, usted tendría que buscar un abogado, que también sería un licenciado. No menosprecie a las personas inteligentes, señor Wormwood. Pero veo que no nos vamos a poner de acuerdo. Siento haber venido.

La señorita Honey se levantó de la silla y salió de la habitación.

El señor Wormwood la siguió hasta la puerta principal y dijo:

—Gracias por haber venido, señorita Hawkes, ¿o es señorita Harris?

—Ninguno de los dos —dijo la señorita Honey—, pero da igual —y se fue.

Lanzamiento de martillo

Lo curioso de Matilda era que si uno la conocía fortuitamente y hablaba con ella, hubiera pensado que era una niña de cinco años y medio totalmente normal. Apenas exteriorizaba señal alguna de su talento y nunca alardeaba de él. "Es una pequeña muy sensible y muy reposada", hubiera pensado uno. Y, a menos que, por alguna razón, discutiera uno con ella de literatura o matemáticas, no hubiera sabido nunca el alcance de su capacidad intelectual.

Por eso, a Matilda le resultaba fácil entablar amistad con otros niños. Caía bien a todos los de su grupo. Naturalmente, ellos sabían que era "inteligente", porque habían sido testigos de las preguntas que le había hecho la señorita Honey el primer día de curso. Sabían también que se le permitía estar con un libro durante las clases y no prestar atención a la profesora. Pero los niños de su edad no profundizan en busca de razones. Están demasiado pendientes de sus pequeñas disputas para preocuparse demasiado de lo que hacen otros y por qué lo hacen.

Entre los nuevos amigos de Matilda estaba la niña llamada Lavender. Desde el primer día empezaron a estar juntas durante el recreo de la mañana y a la hora del almuerzo. Lavender era excepcionalmente pequeña para su edad, una niña flacucha de profundos ojos castaños y pelo oscuro, con un flequillo que le caía sobre la frente.

A Matilda le gustaba porque era decidida y aventurera. A ella le gustaba Matilda por las mismas razones.

Antes de que terminara la primera semana del curso, ya circulaban entre los nuevos alumnos impresionantes historias sobre la directora, la señorita Trunchbull. A Matilda y Lavender, quienes estaban en una esquina del patio de recreo el tercer día, se les acercó una robusta chica de diez años, con un grano en la nariz, llamada Hortensia.

—Basura nueva, supongo —dijo Hortensia, mirándolas despectivamente. Llevaba una bolsa gigante de papas fritas, que comía a puñados—. Bienvenidas a la correccional —añadió, escupiendo trozos de papas por la boca como si fueran copos de nieve.

Las dos pequeñas, enfrentadas a aquella gigante, guardaron un expectante silencio.

—¿Han conocido ya a la Trunchbull? —preguntó Hortensia.

—La hemos visto durante los rezos —dijo Lavender—, pero no la conocemos.

—Les ha tocado un premio —dijo Hortensia—. Odia a las niñas muy pequeñas. Por eso aborrece el curso infantil y todo lo que se relaciona con él. Cree que los niños de cinco años son larvas de gusanos —se metió en la boca otro puñado de papas y, cuando habló, volvió a escupir trozos de ellas—. Si sobreviven al primer año, se las arreglaran para vivir el resto del tiempo que estén aquí. Pero muchos no sobreviven. Los sacan en camilla, aullando. Lo he visto a menudo.

Hortensia hizo una pausa para ver el efecto que aquellos comentarios producían en las pequeñas. Al parecer, no mucho. Perecían indiferentes. Así, pues, decidió obsequiarlas con más información.

—Supongo que sabrán que tiene un armario con candado llamado *La ratonera*. ¿Han oído hablar de *La ratonera*?

Matilda y Lavender negaron con la cabeza y siguieron mirando a la grandullona. Como eran muy pequeñas, tendían a desconfiar de cualquier persona mayor, especialmente de las chicas mayores.

—*La ratonera* —prosiguió Hortensia— es un armario muy alto pero muy estrecho. El suelo sólo tiene setenta centímetros cuadrados, por lo que no puedes sentarte en él ni ponerte en cuclillas. Tienes que estar de pie. Tres de las paredes son de cemento, con trozos de vidrios incrustados en ellas, por lo que no puedes apoyarte. Tienes que permanecer muy atenta todo el tiempo que estás encerrada en él. ¡Es terrible!

—¿No te puedes apoyar contra la puerta? —preguntó Matilda.

—No seas tonta —dijo Hortensia—. La puerta está repleta de miles de clavos puntiagudos clavados desde fuera, probablemente por la misma Trunchbull.

—¿Has estado allí dentro alguna vez? —preguntó Lavender.

—El primer año estuve seis veces —dijo Hortensia—. Dos de las veces todo el día, y las otras, dos horas cada vez. Pero dos horas es demasiado. Está oscuro como boca de lobo y tienes que permanecer de pie, porque si te mueves te encajas los cristales de las paredes o los clavos de la puerta.

—¿Por qué te encerraron allí? —preguntó Matilda—. ¿Qué habías hecho?

—La primera vez —dijo Hortensia— volqué medio bote de jarabe en el asiento de la silla donde se iba a sentar la Trunchbull durante los rezos. Fue fantástico. Cuando se sentó hubo un ruido como de chapoteo, parecido al que hace un hipopótamo cuando hunde las patas en el barro de las orillas del río Limpopo. Pero tú eres demasiado pequeña para haber leído *Historias, ni más ni menos*, ¿no?

—Ya lo leí —dijo Matilda.

—Eres una embustera —dijo Hortensia amigablemente—. Ni siquiera sabes leer aún. Pero no importa. Bueno, cuando la Trunchbull se sentó sobre el jarabe, el ruido fue divino. Y cuando se levantó, la silla se le quedó pegada al fondillo de esos horribles pantalones verdes que lleva y se le quedó adherida durante unos segundos, hasta que se despegó del espeso jarabe. Se llevó las manos al trasero y se le quedaron pringadas. Deberían haber oído el rugido que soltó.

—¿Cómo supo que habías sido tú? —preguntó Lavender.

—Me acusó un pequeño idiota llamado Ollie Bogwhistle —dijo Hortensia—. Le rompí los dientes.

—¿Y la Trunchbull te metió en *La ratonera* durante todo un día? —preguntó Matilda, con un nudo en la garganta.

—Todo el día —dijo Hortensia—. Cuando me dejó salir estaba medio loca. Balbuceaba como una imbécil.

—¿Qué otras cosas hiciste para que te metiera en *La ratonera*? —preguntó Lavender.

—Oh, no me acuerdo de todas ahora —dijo Hortensia. Hablaba con el aire de un viejo guerrero que ha estado en tantas batallas que el valor es algo habitual—. Fue hace mucho tiempo —añadió, metiéndose más papas fritas en la boca—. ¡Ah, sí! Me acuerdo de una. Lo que pasó fue esto: elegí un momento en que sabía que la Trunchbull estaba fuera, dando clase a los de sexto, y levanté la mano pidiendo permiso para ir al baño. Pero, en lugar de ir allí, me metí en el despacho de la Trunchbull. Tras una rápida búsqueda, encontré el cajón donde guardaba sus calzones de gimnasia.

—Sigue —dijo Matilda, interesada—. ¿Qué pasó luego?

—Yo había escrito para que me mandaran por correo unos polvos picapica muy fuertes —dijo Hortensia—. Cuestan cincuenta peniques el sobre y se llaman *Abrasapiel*. La etiqueta decía que estaban fabricados con polvo de dientes de serpientes venenosas y se garantizaba que formaban ronchas en la piel del tamaño de una nuez. Así que los espolvoreé dentro de todos los calzones del cajón y luego los volví a doblar con cuidado —Hortensia hizo una pausa para atiborrarse de papas fritas.

—¿Funcionó? —preguntó Lavender.

—Bueno —dijo Hortensia—, unos días después, durante los rezos, la Trunchbull empezó a rascarse abajo como una loca. "Ajá —me dije—, ya está." Ya se había cambiado para ir a gimnasia. Era maravilloso estar allí sentada, viéndolo todo y sabiendo que yo era la única persona de toda la escuela que sabía exactamente lo que estaba sucediendo dentro de los calzones de la Trunchbull. Estaba también tranquila. Sabía que no podían cazarme.

Luego, el picor empeoró. La Trunchbull no podía estarse quieta. Debió de pensar que tenía un avispero allí dentro. Entonces, en mitad del padrenuestro, pegó un brinco, se agarró el trasero y salió de allí corriendo.

Matilda y Lavender estaban cautivadas. No dudaban que en aquel momento se hallaban en presencia de una maestra. Alguien que había elevado el arte de la picardía a la cota más alta de la perfección; alguien que, por otra parte, estaba dispuesta a arriesgar alma y vida por seguir su vocación. Miraban admiradas a esa diosa y, de repente, hasta el grano de la nariz se convirtió en distintivo de valor en lugar de defecto físico.

—Pero ¿cómo te atrapó ella esta vez? —preguntó Lavender, sin aliento.

—No me atrapó —dijo Hortensia—, pero, a pesar de eso, pasé un día en *La ratonera*.

—¿Por qué? —preguntaron a dúo.

—La Trunchbull —dijo Hortensia— tiene la mala costumbre de suponer. Cuando no sabe quién es el culpable, se lo imagina, y lo malo es que casi siempre acierta. Yo fui la primera sospechosa esta vez por lo del asunto del jarabe y, aunque yo sabía que no tenía ninguna prueba, no me sirvió de nada. Le dije que cómo iba a haberlo hecho yo, si ni siquiera sabía que tenía calzones de repuesto en la escuela, ni sabía lo que eran los polvos de picapica. "Nunca he oído hablar de ellos", le dije. Pero de nada me sirvió mentir, a pesar del teatro que le eché. La Trunchbull me agarró por una oreja y me arrastró a *La ratonera*, me metió en ella y cerró la puerta. Ésa fue la segunda vez que pasé allí un día entero. Un auténtico martirio. Salí llena de pinchazos y cortes.

—Es como una guerra —dijo Matilda, impresionada.

—Tienes razón —dijo Hortensia—. Y las bajas son terribles. Nosotros somos los cruzados, el valeroso ejército que lucha por nuestras vidas sin armas apenas, y la Trunchbull es el Diablo, la Serpiente Maligna, el Dragón de Fuego, con toda clase de armas a su disposición. Es una vida dura. Tratamos de ayudarnos unos a otros.

—Puedes confiar en nosotras —dijo Lavender, irguiéndose de forma que su estatura de setenta y cinco centímetros pareció aumentar cinco.

—No, no puedo —dijo Hortensia—. Ustedes son unas renacuajas. Pero nunca se sabe. A lo mejor encontramos un trabajo secreto para ustedes algún día.

—Cuéntanos algo más de lo que hace —dijo Matilda—. Por favor.

—No debo asustarlas antes de que lleven aquí una semana —dijo Hortensia.

—No nos asustamos —dijo Lavender—. Puede que seamos pequeñas, pero somos bastante fuertes.

—Escuchen esto, entonces —dijo Hortensia—. Ayer mismo, la Trunchbull pescó comiendo bombones de licor, durante la clase de escritura, a un chico llamado Julius Rottwinkle. Sin más, lo agarró por un brazo y lo arrojó por la ventana de la clase. Nuestra clase está en el primer piso y vimos a Julius Rottwinkle salir volando por encima del jardín como un disco y caer de golpe en medio de las lechugas. Luego, la Trunchbull se volvió a nosotros y dijo: "Desde ahora, al que vea comiendo en clase saldrá por la ventana".

—¿Se rompió algún hueso Julius Rottwinkle? —preguntó Lavender.

—Unos pocos —dijo Hortensia—. No deben olvidar que la Trunchbull fue lanzadora de martillo del equipo inglés en las Olimpiadas, por lo que está muy orgullosa de su brazo derecho.

—¿Qué es eso de lanzar el martillo? —preguntó Lavender.

—En realidad —dijo Hortensia—, el martillo es una bala redonda de cañón, sujeta al extremo de un trozo de alambre, y el lanzador la hace girar por encima de su cabeza, cada vez más rápidamente, y luego la suelta. Hay que ser muy fuerte. La Trunchbull lanza todo lo que encuentra a su alrededor para mantener su brazo en forma, especialmente niños.

—¡Dios mío! —exclamó Lavender.

—Yo la oí decir una vez —prosiguió Hortensia— que un chico mayor es del mismo peso que un martillo olímpico y que, por tanto, resulta muy útil para practicar con él.

En ese momento sucedió una cosa extraña. El patio de recreo, hasta entonces lleno con los gritos y las voces de los niños que jugaban, se quedó de repente en silencio.

—¡Miren! —susurró Hortensia.

Matilda y Lavender miraron a su alrededor y vieron la gigantesca figura de la señorita Trunchbull caminando por entre los niños con zancadas amenazadoras. Los pequeños se apartaban apresuradamente para dejarla pasar, y su marcha por el asfalto era como la de Moisés

por el mar Rojo cuando se separaron las aguas. Resultaba impresionante, con el guardapolvo ceñido a la cintura y sus pantalones de montar verdes. Más abajo de las rodillas, los músculos de sus pantorrillas destacaban bajo las medias como si fueran pomelos.

—¡Amanda Thripp! —gritó furiosa—. ¡Ven aquí, Amanda Thripp!

—¡Prepárense! —susurró Hortensia.

—¿Qué va a pasar? —susurró a su vez Lavender.

—Esa idiota de Amanda —dijo Hortensia— se ha dejado crecer demasiado el pelo durante las vacaciones y su madre le ha hecho unas coletas. Es una estupidez.

—¿Por qué es una estupidez? —preguntó Matilda.

—Si algo no soporta la Trunchbull son las coletas —dijo Hortensia.

Matilda y Lavender vieron cómo avanzaba la giganta de pantalones verdes hacia una niña de unos diez años que tenía dos coletas rubias que le caían por la espalda. Cada coleta llevaba anudado en su extremo un moño azul y el conjunto resultaba muy bonito. Amanda Thripp, la chica de las coletas, permanecía quieta, observando la mole que se aproximaba a ella, y la expresión de su rostro era la que tendría una persona atrapada en un cercado pequeño con un toro furioso a punto de embestirla. La chica estaba clavada al suelo aterrorizada, con los ojos asustados, temblando, segura de que había llegado para ella el día del Juicio Final.

La señorita Trunchbull llegó junto a ella y se plantó con gesto dominante frente a la niña.

—¡Quiero que te quites esas sucias coletas antes de venir mañana a la escuela! —vociferó—. ¡Córtatelas y tíralas al bote de la basura! ¿Entendido?

Amanda, paralizada por el terror, tartamudeó:

—A mi ma... ma... madre le gustan. Me las ha... hace todas las mañanas.

—¡Tu madre es una imbécil! —bramó la Trunchbull. Extendió un dedo del tamaño de un salchichón
hacia la cabeza de la niña y gritó—: ¡Pareces una rata
con la cola en la cabeza!

—Mi… madre cree que me… me quedan bien,
se… señorita Trunchbull —tartamudeó Amanda, temblando como una hoja.

—¡Me importa un bledo lo que crea tu madre!
—gritó la Trunchbull, quien, diciendo esto, se adelantó
y agarró las coletas de Amanda con la mano derecha y la
levantó del suelo. Luego, comenzó a hacerla girar alrededor de su cabeza, cada vez más rápido y Amanda puso
el grito en el cielo, mientras la Trunchbull gritaba—:
¡Ya te daré yo coletas, rata!

—Recuerdos de las Olimpiadas —murmuró Hortensia—. Ahora está tomando impulso, igual que con el
martillo. Te apuesto diez a uno a que la va a lanzar.

La Trunchbull estaba inclinada hacia atrás, para compensar el peso de la chica giratoria y, apoyada expertamente en los pies, seguía dando vueltas sobre sí. Al poco rato, Amanda Thripp iba a tanta velocidad que se convirtió en una mancha y, de repente, con un poderoso gruñido, la Trunchbull soltó las coletas y Amanda salió disparada como un cohete hacia arriba, por encima de la cerca metálica del patio de recreo.

—¡Buen lanzamiento, señor! —gritó alguien al otro lado del patio, y Matilda, alucinada por toda aquella locura, vio descender a Amanda, que describió una larga y graciosa parábola, en el campo de deportes. Cayó sobre la hierba, rebotó tres veces y, al final, se detuvo. Luego, sorprendentemente, se incorporó. Parecía un poco

aturdida, algo de lo que nadie podía echarle la culpa y, tras cosa de un minuto o así, se puso en pie y regresó vacilante al patio de recreo.

La Trunchbull seguía en el patio, frotándose las manos.

—No está mal —dijo—, teniendo en cuenta que no estoy bien entrenada. Nada mal.

Luego, se marchó.

—Está loca —dijo Hortensia.

—Pero ¿no protestan los padres? —preguntó Matilda.

—¿Lo harían los tuyos? —respondió Hortensia—. Yo sé que los míos no. Trata a los padres igual que a los niños y todos le tienen un miedo espantoso. Ya las veré en otro momento —y dicho esto se alejó de ellas.

Bruce Bogtrotter y el pastel

—¿Cómo no le hacen nada? —le dijo Lavender a Matilda—. Sin duda los niños se lo cuentan a sus padres en casa. Yo estoy segura de que mi padre armaría un escándalo si le dijera que la directora me ha agarrado por el pelo y me ha lanzado por encima de la cerca del patio.

—No, no lo haría —dijo Matilda—, y te voy a decir por qué. Sencillamente, porque no te creería.

—Claro que me creería.

—No —dijo Matilda—. Y la razón está clara. Tu historia resultaría demasiado ridícula para creerla. Ése es el gran secreto de la Trunchbull.

—¿Cuál? —preguntó Lavender.

—No hacer nunca nada a medias si quieres salirte con la tuya. Ser extravagante. Poner toda la carne en el asador. Estoy segura de que todo lo que hace es tan completamente disparatado que resulta increíble. Ningún padre se creería la historia de las coletas aunque pasara un millón de años. Los míos, desde luego, no. Me llamarían embustera.

—En ese caso —dijo Lavender—, la madre de Amanda no le va a cortar las coletas.

—No, claro que no —dijo Matilda—. Será Amanda la que se las corte. Ya lo verás.

—¿Crees que está loca? —preguntó Lavender.

—¿Quién?

—La Trunchbull.

—No, yo no creo que esté loca —dijo Matilda—, pero es muy peligrosa. Estar en esta escuela es como estar con una cobra dentro de una jaula. Hay que tener mucho cuidado.

Al día siguiente, sin ir más lejos, tuvieron otro ejemplo de lo peligrosa que podía resultar la directora. Durante el almuerzo se anunció que, al terminar, se reunirían todos en el salón de actos.

Cuando los doscientos cincuenta estudiantes estuvieron sentados en el salón, la Trunchbull se dirigió al estrado. No iba con ningún otro profesor. Llevaba una fusta en la mano derecha. Se plantó en el centro del estrado, con sus pantalones verdes y las piernas separadas, mirando airadamente al mar de rostros levantados hacia ella.

—¿Qué va a pasar? —susurró Lavender.

—No lo sé —contestó Matilda, también susurrando.

Los alumnos aguardaban a ver qué iba a suceder.

—¡Bruce Bogtrotter! —vociferó de repente la Trunchbull—. ¿Dónde está Bruce Bogtrotter?

De entre los niños sentados se alzó una mano.

—¡Ven aquí! —gritó la Trunchbull—. ¡Y espabílate!

Se levantó un chico de once años, alto y regordete, y se acercó, contoneándose a buen paso.

—¡Ponte allí! —ordenó la Trunchbull, señalando el sitio con un dedo. El chico se quedó a un lado. Parecía nervioso. Sabía de sobra que no estaba allí para recibir un premio. Miraba a la directora con ojos cautelosos y se fue alejando de ella poco a poco, con ligeros movimientos de los pies, como lo haría una rata de un perro que estuviera observándola desde el otro extremo de la habitación. El temor y la aprensión habían vuelto su cara, regordeta

y blandengue, gris. Llevaba los calcetines caídos sobre
los tobillos.

—¡Este cretino —bramó la directora, dirigiendo
la fusta hacia él como si fuera un estoque—, esta *espini-
lla*, este *ántrax asqueroso*, esta *pústula venenosa* que ven ante
ustedes, no es más que un repugnante criminal, un ha-
bitante del hampa, un miembro de la Mafia!

—¿Quién, yo? —dijo Bruce Bogtrotter, totalmente desconcertado.

—¡Un ladrón! —gritó la Trunchbull—. ¡Un timador! ¡Un pirata! ¡Un bribón! ¡Un cuatrero!

—Nada de eso —dijo el chico—. Quiero decir que eso no es cierto, señora directora.

—¿Lo niegas, miserable sabandija? ¿No te declaras culpable?

—No sé qué quiere usted decir —dijo el chico, más desconcertado que nunca.

—¡Ya te diré yo lo que quiero decir, ampolla purulenta! —gritó la Trunchbull—. ¡Ayer por la mañana, durante el recreo, te deslizaste como una serpiente en la cocina y robaste un trozo de pastel de chocolate de mi bandeja del té! ¡Esa bandeja había sido preparada personalmente para mí por la cocinera! ¡Era mi desayuno! ¡Y por lo que respecta al pastel, era mío! ¡No era un pastel para niños! ¿Crees, por casualidad, que me voy a comer yo la porquería que les doy a ustedes? ¡Ese pastel estaba hecho con mantequilla y crema de verdad! ¡Y él, ese bandido, ese atracador de caja de caudales, ese salteador de caminos, entró allí con los calcetines en los tobillos, lo robó y se lo comió!

—Yo no lo hice —exclamó el chico, palideciendo.

—¡No me mientas, Bogtrotter! —gritó la Trunchbull—. ¡Te vio la cocinera! ¡Es más, te vio comiéndotelo!

La Trunchbull hizo una pausa para limpiarse un poco de espuma de la boca.

Cuando volvió a hablar, su voz era repentinamente más suave, más tranquila, más amistosa, y se inclinó hacia el chico, sonriendo.

—Te gusta mi pastel especial de chocolate, ¿no, Bogtrotter? Es bueno y delicioso, ¿no?

—Muy bueno —murmuró el chico, sin poderlo evitar.

—Tienes razón —dijo la Trunchbull—. Es muy bueno. Por eso creo que deberías felicitar a la cocinera. Cuando un caballero come especialmente bien, felicita al chef. Tú no sabías eso, ¿no, Bogtrotter? Los que se mueven en el bajo mundo no se distinguen por sus buenos modales.

El chico permanecía callado.

—¡Cocinera! —llamó la Trunchbull, volviendo la cabeza hacia la puerta—. ¡Venga aquí, cocinera! ¡Bogtrotter quiere decirle lo bueno que es su pastel de chocolate!

La cocinera, una mujer alta y arrugada, con aspecto de que la hubieran secado hacía tiempo en un horno, se acercó al estrado llevando puesto un sucio delantal blanco. Su entrada había sido claramente preparada con antelación por la directora.

—Vamos, Bogtrotter —bramó la Trunchbull—, dígale a la cocinera lo que piensa de su pastel de chocolate.

—Muy bueno —murmuró el chico. Se notaba que empezaba a preguntarse adónde conduciría todo aquello. Lo único que sabía seguro era que la ley prohibía que la Trunchbull le azotara con la fusta, con la que no cesaba de darse golpecitos en el muslo. Eso era un pequeño consuelo, pero no mucho, porque las reacciones de la Trunchbull eran totalmente imprevisibles. Nunca se sabía lo que iba a hacer a continuación.

—Ya lo ve, cocinera —afirmó sarcásticamente la Trunchbull—. A Bogtrotter le gusta su pastel. Adora su pastel. ¿Tiene usted más pastel para él?

—Claro que sí —dijo la cocinera. Parecía haberse aprendido su papel de memoria.

—Entonces vaya y tráigalo. Y traiga un cuchillo para partirlo.

La cocinera desapareció. Regresó casi al instante, tambaleándose bajo el peso de un enorme pastel redondo de chocolate en un plato de porcelana. El pastel tenía fácilmente cuarenta y cinco centímetros de diámetro y estaba recubierto de chocolate glaseado.

—Póngalo en la mesa —ordenó la Trunchbull.

En el centro del estrado había una pequeña mesa con una silla a su lado. La cocinera dejó cuidadosamente el pastel en la mesa.

—Siéntate, Bogtrotter —dijo la Trunchbull—. Siéntate ahí.

El chico se acercó con precaución a la mesa y se sentó. Contempló el gigantesco pastel.

—Ahí lo tienes, Bogtrotter —continuó la Trunchbull, con voz de nuevo suave, persuasiva, incluso amable—. Es todo tuyo, todo entero. Como te gustó tanto ese trozo que te comiste ayer, le ordené a la cocinera que hiciera uno extraordinariamente grande sólo para ti.

—Bien, muchas gracias —dijo el chico, completamente perplejo.

—Dale las gracias a la cocinera, no a mí —indicó la Trunchbull.

—Gracias, cocinera —repitio el chico.

La cocinera permanecía allí como un cordón seco, callada, implacable, desaprobadora. Parecía que tuviera la boca llena de jugo de limón.

—Adelante, pues —dijo la Trunchbull—. ¿Por qué no cortas un buen trozo y te lo comes?

—¿Qué? ¿Ahora? —preguntó el chico, cautelosamente. Sabía que había alguna trampa en algún sitio, pero no sabía dónde—. ¿No podría llevármelo a casa?

—Eso sería una descortesía —dijo la Trunchbull sonriendo retorcidamente—. Tienes que demostrarle a la cocinera lo que le agradeces las molestias que se ha tomado.

El chico no se movió.

—Venga, hazlo —ordenó la Trunchbull—. Corta un trozo y pruébalo. No disponemos de todo el día.

El chico agarró el cuchillo y estaba a punto de hundirlo en el pastel cuando se detuvo. Contempló el pastel. Luego miró a la Trunchbull y, a continuación, a la experta cocinera de rostro avinagrado. Los niños del salón contemplaban la escena nerviosamente, esperando que sucediera algo. Estaban seguros de que tenía que suceder. La Trunchbull no era una persona que le diera a alguien un pastel de chocolate para que se lo comiera, sólo por amabilidad. Muchos pensaban que debía estar relleno de pimiento picante, o aceite de ricino, o cualquier otra sustancia de sabor desagradable que hubiera hecho vomitar violentamente al chico. Podría ser, incluso, arsénico, y hubiera muerto en el plazo de diez segundos. O quizá se tratara de un pastel-bomba y explotara en el momento de partirlo, haciendo volar a Bruce Bogtrotter. En la escuela, nadie dudaba de que la Trunchbull era capaz de hacer cualquiera de esas cosas.

—No me apetece comerlo —dijo el chico.

—Pruébalo, mocoso —exigió la Trunchbull—. Estás ofendiendo a la cocinera.

El chico comenzó a partir un trozo pequeño del enorme pastel. Separó el trozo. Dejó el cuchillo y tomó con los dedos el trozo pegajoso y comenzó a comérselo muy lentamente.

—Está bueno, ¿no? —preguntó la Trunchbull.

—Muy bueno —dijo el chico, saboreando y tragando. Se terminó el trozo.

—Toma otro —dijo la Trunchbull.

—Es bastante, gracias —murmuró el chico.

—He dicho que tomes otro —ordenó la Trunchbull, con tono totalmente brusco ahora—. ¡Cómete otro trozo! ¡Haz lo que te digo!

—No me apetece otro trozo —se quejó el chico.

De pronto, explotó la Trunchbull:

—¡Come! —gritó, golpeándose el muslo con la fusta—. ¡Si te digo que comas, come! ¡Querías pastel! ¡Robaste pastel! ¡Ahora ya tienes pastel! ¡Y lo que es más, te lo vas a comer! ¡No vas a abandonar este estrado y nadie se va a marchar de este salón hasta que te hayas comido todo el pastel que tienes delante de ti! ¿He hablado claro, Bogtrotter? ¿Entiendes lo que quiero decir?

El chico miró a la Trunchbull. Luego bajó la vista al enorme pastel.

—¡Come! ¡Come! ¡Come! —gritó la Trunchbull.

El chico cortó muy lentamente otro trozo de pastel y comenzó a comérselo.

Matilda estaba fascinada.

—¿Crees que lo hará? —preguntó en voz baja a Lavender.

—No —le respondió Lavender—. Es imposible. Estará enfermo antes de llegar a la mitad.

El chico seguía en lo suyo. Cuando hubo terminado el segundo trozo, miró dubitativo a la Trunchbull.

—¡Come! —gritó ella—. ¡Los ladronzuelos glotones a los que les gusta comer pastel deben tener pastel! ¡Come más rápido, muchacho! ¡Come más rápido! ¡No queremos estar aquí todo el día! ¡Y no pares como estás haciendo ahora! ¡La primera vez que te pares antes de terminarlo, irás derecho a *La ratonera*, cerraré la puerta y tiraré la llave a la alcantarilla!

El chico cortó un tercer trozo y comenzó a comérselo. Terminó éste antes que los otros dos y, al acabar, tomó inmediatamente el cuchillo y cortó otro trozo. De forma extraña, parecía ir agarrando el ritmo.

Matilda, que observaba atentamente la escena, no apreció aún signos de angustia en el chico. Si acaso, parecía ir adquiriendo confianza mientras proseguía.

—Lo está haciendo bien —murmuró Matilda.

—Pronto estará enfermo —susurró a su vez Lavender—. Va a ser horrible.

Cuando se hubo comido la mitad del enorme pastel, Bruce Bogtrotter se detuvo un par de segundos e hizo varias inhalaciones profundas. La Trunchbull permanecía en pie, con las manos en las caderas, mirándole airadamente.

—¡Sigue! —gritó—. ¡Acábatelo!

De repente, el chico dejó escapar un tremendo eructo que resonó en el salón de actos como un trueno. Muchos de los espectadores se rieron.

—¡Silencio! —gritó la Trunchbull.

El chico cortó otro grueso trozo y comenzó a comérselo rápidamente. Aún no mostraba signos de decaimiento o de querer abandonar. Realmente no parecía que estuviera a punto de detenerse y gritar "¡no puedo, no puedo comer más! ¡Me voy a poner enfermo!". Aún seguía en combate.

Se estaba produciendo un sutil cambio en los doscientos cincuenta niños que presenciaban la escena. Hasta entonces habían previsto un inevitable desastre. Se habían preparado para una escena desagradable, en la que el desdichado chico, atiborrado de pastel de chocolate, tendría que rendirse y suplicar perdón y, entonces, verían a la triunfante Trunchbull obligando al jadeante muchacho a engullir más trozos de pastel.

Nada de eso. Bruce Bogtrotter se había tomado ya tres cuartas partes y aún seguía bien. Podría pensarse que casi estaba empezando a disfrutar. Tenía que escalar una montaña y estaba decidido a alcanzar la cima o a morir en el empeño. Es más, se había dado cuenta de los espectadores y de que, silenciosamente, todos estaban de su parte. Aquello era nada menos que una batalla entre él y la todopoderosa Trunchbull.

De pronto, alguien gritó:

—¡Vamos, Bruce! ¡Lo puedes conseguir!

La Trunchbull se volvió y rugió:

—¡Silencio!

El auditorio observaba atentamente. Estaba cautivado por la contienda. Deseaban empezar a animar, pero no se atrevían.

—Creo que lo va a conseguir —susurró Matilda.

—Yo también lo creo —respondió en voz baja Lavender—. Nunca hubiera imaginado que alguien pudiera comerse un pastel de ese tamaño.

—La Trunchbull tampoco se lo cree —susurró Matilda—. Mírala. Se está poniendo cada vez más roja. Si él vence, lo va a matar.

El chico iba más despacio ahora. No había duda de ello. Pero seguía comiendo pastel, con la tenaz perseverancia del corredor de fondo que ha avistado la meta y sabe que tiene que seguir corriendo. Cuando engulló el último bocado, estalló un tremendo clamor en el auditorio y los niños empezaron a dar saltos de alegría y a vitorear, aplaudir y gritar:

—¡Bien hecho, Bruce! ¡Muy bien, Bruce! ¡Has ganado una medalla de oro, Bruce!

La Trunchbull permanecía totalmente inmóvil en el estrado. Su rostro de caballo había adquirido el color de la lava fundida y sus ojos fulguraban de rabia. Miró a Bruce Bogtrotter, que seguía sentado en su silla como un enorme gusano ahíto, repleto, comatoso, incapaz de moverse o de hablar. Una delgada capa de sudor adornaba su frente, pero en su rostro se reflejaba una sonrisa de triunfo.

De repente, la Trunchbull se acercó y tomó el plato de porcelana vacío que había contenido el pastel. Lo levantó todo lo que pudo y lo dejó caer de golpe en todo lo alto de la cabeza del desdichado.

Bruce Bogtrotter y sus trozos se desparramaron por el suelo del estrado.

El chico estaba tan atiborrado de pastel, que era casi como un saco de cemento húmedo y no le hubiera hecho daño ni un mazo de hierro. Se limitó a mover la cabeza unas cuantas veces y siguió sonriendo.

—¡Vete al diablo! —dijo airadamente la Trunchbull, y se marchó del estrado, seguida de cerca por la cocinera.

Lavender

A mitad de la primera semana del primer curso de Matilda, la señorita Honey dijo a sus alumnos:

—Tengo noticias importantes para ustedes, así que escuchen atentamente. Tú también, Matilda. Deja ese libro un momento y atiende.

Se alzaron rostros expectantes y prestaron atención.

—La directora tiene por costumbre —prosiguió diciendo la señorita Honey—, hacerse cargo de la clase un rato todas las semanas. Esto lo realiza con todas las clases de la escuela y cada clase tiene fijado un día y una hora. A la nuestra le corresponde los jueves a las dos de la tarde, inmediatamente después del almuerzo. Así, pues, mañana a las dos en punto, la señorita Trunchbull me sustituirá durante una clase. Yo, naturalmente, estaré también aquí, pero sólo como testigo mudo. ¿Lo han entendido?

—Sí, señorita Honey —respondieron a coro.

—Un aviso para todos —dijo la señorita Honey—. La directora es muy estricta. Procuren que sus ropas, caras y manos estén limpias. Hablen sólo cuando se les hable. Cuando les pregunte algo, pónganse inmediatamente de pie antes de contestar. No discutan nunca con ella ni le lleven la contraria. Tampoco traten de ser graciosos. Si lo hacen, harán que se enfade y, cuando la directora se enfada, es mejor ponerse en guardia.

—Y que lo diga —murmuró Lavender.

—Estoy segura —dijo la señorita Honey— de que les preguntará sobre lo que han aprendido esta semana, que es la tabla de multiplicar del dos. Así que les aviso seriamente de que se la aprendan esta noche cuando vayan a casa. Repásenla con sus padres.

—¿Qué más nos preguntará? —preguntó alguien.

—Los hará deletrear —dijo la señorita Honey—. Procuren recordar todo lo que han aprendido estos días. Y una cosa más. Cuando viene la directora, tiene que haber en la mesa una jarra de agua y un vaso. Nunca da una clase sin eso. ¿Quién se va a ocupar de ello?

—Yo —dijo Lavender al instante.

—Muy bien, Lavender —dijo la señorita Honey—. Tu trabajo consistirá en ir a la cocina, tomar la jarra y llenarla de agua y, luego, dejarla sobre la mesa junto con un vaso vacío limpio, poco antes de que empiece la clase.

—¿Y si no hay ninguna jarra en la cocina? —preguntó Lavender.

—En la cocina hay una docena de jarras y vasos para la directora —dijo la señorita Honey—. Se utilizan en toda la escuela.

—No lo olvidaré —dijo Lavender—, se lo aseguro.

La mente intrigante de Lavender estaba dándole vueltas a las posibilidades que le ofrecía aquella tarea de la jarra de agua. Anhelaba poder hacer algo heroico. Admiraba enormemente a Hortensia por las valientes proezas que había realizado en la escuela. Admiraba también a Matilda, que le había contado, con la promesa de no decir nada, el asunto del loro, así como el cambio de tónico capilar, con el que había aclarado el pelo de su padre. Ahora era su turno de convertirse en heroína, siempre que se le ocurriera un plan brillante.

Esa tarde, en el trayecto de la escuela a su casa, comenzó a barajar las distintas posibilidades y, cuando por fin se le ocurrió el germen de lo que podía ser una gran idea, empezó a darle vueltas y trazó sus planes con el mismo cuidado que puso el duque de Wellington antes de la batalla de Waterloo. Cierto es que el enemigo no era en este caso Napoleón, pero no había nadie en la escuela que admitiera que la directora era un adversario menos temible que el famoso general francés. Lavender se dijo que tendría que realizarlo con gran habilidad y guardar el secreto si quería salir con vida de aquella empresa.

Al fondo del jardín de la casa de Lavender había una charca fangosa en la que vivía una colonia de salamandras acuáticas. Estos animales, aunque muy comunes en las charcas y lagunas inglesas, no son muy conocidos por la gente normal, pues son tímidos y prefieren la oscuridad. La salamandra acuática es un animal horrendo, increíblemente feo, parecido a una cría de cocodrilo, sólo que con la cabeza más corta. Aunque no lo parece, es inofensivo. Mide unos quince centímetros de largo y es viscoso, con la piel de color gris verdoso por arriba y anaranjado en el vientre. Es, en realidad, un anfibio, que puede vivir tanto dentro como fuera del agua.

Esa tarde, Lavender se dirigió al jardín, decidida a cazar una salamandra. Son animales que se mueven velozmente y, por tanto, difíciles de capturar. Estuvo sentada un buen rato en la orilla, aguardando a ver una grande. Luego, sumergiendo con rapidez el sombrero del colegio, a modo de red, capturó una. Había rellenado su estuche con plantitas de la charca para colocar en él la salamandra, pero descubrió que no era fácil sacar el animal del sombrero y meterlo allí. Se retorcía y se le escurría entre las manos como el mercurio y, aparte de eso, entraba muy justa en el estuche. Cuando por fin logró meterla, tuvo que tener cuidado para no machucarle la cola al correr la tapa. Un chico vecino de ella, llamado Rupert Entwistle, le había dicho que si se le cortaba la cola a una salamandra, la cola seguía viva y se acababa transformando en otra salamandra diez veces mayor que la primera. Podía llegar a ser del tamaño de un caimán. Lavender no creía eso en absoluto, pero no quería correr el riesgo de que lo fuera.

Finalmente, se las arregló para correr la tapa y la salamandra fue suya. Luego, abrió un poquito la tapa para que el animal pudiera respirar.

Al día siguiente llevó su arma secreta a la escuela en la mochila. Temblaba de emoción. Deseaba contarle a Matilda su plan de batalla. La verdad es que le hubiera gustado contárselo a toda la clase. Pero, por último, decidió no decírselo a nadie. Así sería mejor porque, aunque torturaran a alguien ferozmente, no podría echarle la culpa a ella.

Llegó la hora del almuerzo. Ese día pusieron el plato preferido de Lavender, salchichas y alubias estofadas, pero apenas pudo comer.

—¿Te encuentras bien, Lavender? —le preguntó la señorita Honey desde la cabecera de la mesa.

—He desayunado mucho —respondió Lavender— y no puedo comer nada.

Inmediatamente después del almuerzo, se dirigió a la cocina y buscó una de las famosas jarras de la Trunchbull. Era grande y ventruda, de loza esmaltada de azul. La llenó de agua hasta la mitad y la llevó, junto con un vaso, a la clase, donde la colocó sobre la mesa de la profesora. La clase estaba aún desierta. Rápida como un rayo, sacó el estuche de la mochila y abrió la tapa un poquito. La salamandra estaba bastante tranquila. Situó el estuche con cuidado encima del cuello de la jarra, corrió del todo la tapa y volcó la salamandra dentro de la jarra. Se escuchó un chapuzón al caer al agua y se agitó unos segundos antes de quedarse quieta. Luego, para que la salamandra se encontrara más en su elemento, volcó dentro de la jarra las plantitas que había colocado en el estuche.

La hazaña ya estaba hecha. Todo estaba listo. Lavender metió sus lápices en el estuche, que estaba algo húmedo, y lo dejó en su sitio habitual, en su pupitre. Luego, salió de la clase y se reunió con los demás en el patio de recreo hasta que llegó la hora de empezar la clase.

El examen semanal

A las dos en punto se reunió la clase, incluida la señorita Honey, que vio que la jarra de agua y el vaso estaban en su sitio. Se situó al fondo de la clase. Todos aguardaban. De pronto, hizo su entrada con aire marcial la gigantesca figura de la directora, con su guardapolvo ceñido a la cintura y sus pantalones verdes.

—Buenas tardes, niños —dijo con voz potente.

—Buenas tardes, señorita Trunchbull —respondieron los niños a coro.

La directora se situó frente a los alumnos, con las piernas abiertas y las manos en las caderas, mirando desabridamente a los pequeños que permanecían sentados, nerviosos, en sus pupitres.

—No es un espectáculo muy bonito —dijo. Su expresión era de profundo disgusto, como si estuviera contemplando la inmundicia que hubiera podido dejar un perro en el suelo—. ¡Son un puñado de nauseabundas verrugas!

Todos tuvieron el buen sentido de permanecer callados.

—Me da náuseas pensar —prosiguió— que, durante los próximos seis años, voy a tener que ocuparme de un hatajo de inútiles como ustedes. Ya veo que tendré que expulsar lo antes posible a muchos de ustedes para no volverme loca —hizo una pausa y resopló varias veces. Producía un sonido curioso. Era el mismo que puede escucharse en una cuadra cuando se da de comer a los caballos—. Supongo —prosiguió— que sus padres les dirán que ustedes son maravillosos. Pues bien, yo estoy aquí para decirles lo contrario, y harán bien en creerme a mí. ¡Pónganse de pie!

Todos se incorporaron rápidamente.

—Ahora, extiendan las manos. Cuando yo pase delante de ustedes, quiero que las volteen para ver si están limpias por ambos lados.

La Trunchbull inició un lento recorrido por entre las filas de pupitres, inspeccionando manos. Todo fue bien hasta que llegó a un niño de la segunda fila.

—¿Cómo te llamas? —le preguntó con voz potente.

—Nigel —respondió el niño.

—¿Nigel, qué?

—Nigel Hicks —dijo el niño.

—¿Nigel Hicks, qué? —vociferó la Trunchbull. Lo dijo con voz tan potente que casi hizo volar al pequeño por la ventana.

—Eso es todo —dijo Nigel—, a menos que quiera también mi segundo apellido —era un pequeñajo valiente y se notaba que procuraba no dejarse amedrentar por el monstruo que se inclinaba sobre él.

—¡No quiero tu segundo apellido, imbécil! —vociferó el monstruo—. ¿Cómo me llamo yo?

—Señorita Trunchbull —dijo Nigel.

—¡Entonces úsalo cuando te dirijas a mí! Ahora, intentémoslo de nuevo. ¿Cómo te llamas?

—Nigel Hicks, señorita Trunchbull —respondió Nigel.

—Así está mejor —dijo la señorita Trunchbull—. Tus manos están sucias, Nigel. ¿Cuándo te las has lavado por última vez?

—Bueno, no sé, déjeme pensar —dijo Nigel—.
Es difícil recordarlo exactamente. Puede que fuese ayer,
o, quizá, antier.

El cuerpo y el rostro de la Trunchbull dieron la
impresión de que los inflaban con una bomba de bicicleta.

—¡Lo sabía! —rugió—. ¡En cuanto te eché el
ojo encima supe que no eras más que un trozo de inmundicia! ¿Qué es tu padre? ¿Se dedica a limpiar cloacas?

—Es médico —dijo Nigel—. Y bastante bueno.
Dice que, como de todas formas estamos llenos de bacte-
rias, un poco más de suciedad no mata a nadie.

—Me alegro de que no sea *mi* médico —dijo la
Trunchbull—. ¿Y por qué hay, si puede saberse, una alu-
bia en tu camisa?

—Hemos comido alubias para almorzar, señorita Trunchbull.

—¿Y normalmente te echas el almuerzo en la camisa, Nigel? ¿Es eso lo que te ha enseñado ese médico tan famoso que tienes por padre?

—Las alubias son difíciles de comer, señorita Trunchbull. Se me caen del tenedor.

—¡Eres asqueroso! —rugió la Trunchbull—. ¡Eres una fábrica andante de gérmenes! ¡No quiero verte más hoy! ¡Vete al rincón y ponte de cara a la pared, apoyado en una pierna!

—Pero, señorita Trunchbull…

—¡No discutas conmigo, muchacho, o tendrás que ponerte boca abajo! ¡Haz lo que te digo!

Nigel obedeció.

—Quédate así mientras compruebo cómo deletreas, para ver si has aprendido algo esta semana. No vuelvas tu desagradable cara de la pared. Ahora, deletrea la palabra "herrar".

—¿A qué se refiere? —preguntó Nigel—. ¿A lo que se hace a los caballos o a equivocarse? —resulta que era un niño inusualmente despierto y su madre había trabajado duramente con él en su casa deletreando y leyendo.

—¡Lo de los caballos, estúpido!

Nigel deletreó la palabra correctamente, lo que sorprendió a la Trunchbull, que pensaba que le había propuesto una palabra con truco que seguramente no habría aprendido aún, lo que le sentó muy mal.

Nigel, haciendo equilibrios sobre una pierna y, de cara a la pared, dijo:

—La señorita Honey nos enseñó ayer una palabra muy difícil.

—¿Y qué palabra es ésa? —preguntó amablemente la Trunchbull. Cuanto más amable era su tono de voz, mayor era el peligro, pero Nigel no tenía por qué saberlo.

—"Dificultad" —respondió Nigel—. Ahora todos sabemos deletrear "dificultad".

—¡Qué tonterías! —dijo la Trunchbull—. No está previsto que aprendan palabras largas hasta que tengan ocho o nueve años. Y no me digas que en esta clase saben deletrear esa palabra. ¡Me estás mintiendo, Nigel!

—Pregúntele a cualquiera —dijo Nigel, corriendo un tremendo riesgo.

Los relucientes y peligrosos ojos de la Trunchbull recorrieron la clase.

—¡Tú! —dijo, señalando a una niña diminuta y bastante boba llamada Prudence.

Para su sorpresa, Prudence la deletreó muy bien, sin la menor vacilación.

La Trunchbull se quedó verdaderamente sorprendida.

—¡Hum! —gruñó—. Supongo que la señorita Honey consumiría toda una clase para enseñarles esa sola palabra.

—¡Oh, no! —exclamó Nigel—. La señorita Honey nos la enseñó en tres minutos de una forma que no se olvida. Nos enseña así muchas palabras.

—¿Y en qué consiste ese método mágico, señorita Honey? —preguntó la directora.

—Yo se lo explicaré —dijo el arriesgado Nigel, saliendo en ayuda de la señorita Honey—. ¿Puedo bajar este pie y volverme para explicárselo?

—¡Nada de eso! —tronó la Trunchbull—. ¡Quédate como estás y explícamelo!

—Está bien —dijo Nigel, vacilando peligrosamente sobre la pierna—. La señorita Honey nos enseña una canción corta referente a cada palabra y la cantamos todos juntos y así aprendemos enseguida. ¿Quiere escuchar la canción sobre "dificultad"?

—Me fascinaría —dijo la Trunchbull en tono sarcástico.

—Es así —dijo Nigel.

La señora D, la señora I, la señora FI, la señora C,
la señora U, la señora L y la señora TAD.

—¡Qué ridiculez! —bufó la Trunchbull—. ¿Por qué están casadas todas esas mujeres? Además, cuando se está aprendiendo a deletrear no se debe enseñar poesía. Suprímalo en el futuro, señorita Honey.

—Pero así les enseño algunas de las palabras más difíciles —dijo la señorita Honey.

—¡No discuta conmigo, señorita Honey! —tronó con voz potente la directora—. ¡Haga lo que le digo! Voy a probar ahora con las tablas de multiplicar, para

ver si la señorita Honey les ha enseñado algo de eso —la
Trunchbull había regresado a su sitio, frente a los alumnos, y su diabólica mirada recorría lentamente las filas
de pequeños pupitres—. ¡Tú! —rugió, señalando a un
niño llamado Rupert que se sentaba en la primera fila—.
¿Cuántas son dos por siete?

—Dieciséis —contestó sin pensárselo Rupert.

La Trunchbull avanzó lenta y silenciosamente
hacia Rupert, al igual que una tigresa acechando a un
cervatillo. Rupert captó al instante la señal de peligro y
gritó precipitadamente—: ¡Son dieciocho! ¡Dos por siete son dieciocho, no dieciséis!

—¡Insecto ignorante! —vociferó la Trunchbull—.
¡Asno estúpido! ¡Cabeza de chorlito! —mientras tanto, se
había situado justamente detrás de Rupert y, de repente,
extendió una mano del tamaño de una raqueta de tenis y
agarró el pelo de Rupert. Éste tenía una hermosa cabellera
rubia. Su madre creía que era bonita y le gustaba dejarla crecer
más de lo normal. La Trunchbull sentía el mismo odio
por el pelo largo de los chicos que por las trenzas y las coletas de las chicas y estaba a punto de demostrarlo. Agarró de
un puñado las largas melenas de Rupert con su mano gigante y, alzando su musculoso brazo derecho, levantó al desdichado niño por encima de su asiento y lo sostuvo en alto.

Rupert lanzó un alarido. Se retorció y contorsionó,
dando patadas en el aire y chillando como un cerdo al que
están degollando, mientras la señorita Trunchbull gritaba:

—¡Dos por siete son catorce! ¡Dos por siete son
catorce! ¡No te voy a soltar hasta que lo digas!

Desde el fondo de la clase, la señorita Honey exclamó:

—¡Señorita Trunchbull, por favor! ¡Suéltele! ¡Le
está haciendo daño! ¡Puede arrancarle el pelo!

—¡Bien podría, si no deja de forcejear! —contestó
desabridamente la Trunchbull—. ¡Estate quieto, gusano
retorcido!

Era, en verdad, un sorprendente espectáculo ver aquella gigantesca directora sujetando en el aire al niño que giraba y se retorcía como alguien suspendido del extremo de una cuerda, gritando a voz en cuello.

—¡Dilo! —rugió la Trunchbull—. ¡Di "dos por siete son catorce"! ¡Date prisa o empezaré a subirte y a bajarte y así te arrancaré el pelo y tendremos bastante para rellenar un sofá! ¡Venga, chico! ¡Di "dos por siete son catorce" y te soltaré!

—Do… dos por si… siete son ca… catorce —dijo, jadeando, Rupert, tras lo cual la Trunchbull, haciendo honor a su palabra, abrió la mano y literalmente lo soltó. Estaba a bastante altura y cayó a plomo sobre el suelo, donde rebotó como un balón de futbol.

—Levántate y deja de lloriquear —dijo la Trunchbull.

Rupert se levantó y regresó a su pupitre, frotándose el cuero cabelludo con ambas manos. La Trunchbull volvió a situarse frente a la clase. Los niños permanecían en sus sitios como hipnotizados. Ninguno de ellos había presenciado algo así antes. Era una auténtica diversión. Era mejor que una pantomima, sólo que con una gran diferencia. En esa habitación había una enorme bomba humana frente a ellos, a punto de explotar en cualquier momento y reducir a trozos a cualquiera de los chicos. Los ojos de los niños estaban fijos en la directora.

—No me gusta la gente pequeña —dijo ésta—. Nadie debería ser pequeño. Deberían ocultarlos de la vista y guardarlos en cajas, como las pinzas del pelo y los botones. Nunca pude explicarme por qué tardan tanto los niños en crecer. Creo que lo hacen a propósito.

Otro chico valiente de la primera fila dijo:

—Pero, seguramente, *usted* habrá sido pequeña alguna vez, ¿no, señorita Trunchbull?

—¡Yo *nunca* he sido pequeña! —rugió—. ¡Toda mi vida he sido grande y no entiendo por qué no pueden serlo otros también!

—Pero usted debió de empezar siendo un bebé —dijo el niño.

—¿*Yo?* ¿Un bebé? —gritó la Trunchbull—. ¿Cómo te atreves a suponer una cosa así? ¡Qué frescura! ¡Qué insolencia! ¿Cómo te llamas, chico? ¡Y ponte de pie cuando me hables!

El chico se puso en pie.

—Me llamo Erick Ink, señorita Trunchbull —dijo.

—¿Eric, qué? —gritó la Trunchbull.

—Ink —dijo el chico.

—¡No seas animal! ¡Ese apellido no existe!*

—Mire en el directorio telefónico —dijo Eric—. Allí encontrará el apellido de mi padre.

—Está bien —dijo la Trunchbull—. Puede que te apellides Ink, jovencito, pero deja que te diga algo: tú no eres indeleble. Si tratas de dártelas de listo conmigo, te borro enseguida. Deletrea "que".

—No entiendo —dijo Eric—. ¿Qué quiere que deletree?

—¡Que deletrees "que", idiota! ¡Deletrea la palabra "que"!

—Q… E —dijo Eric, contestando demasiado rápido.

Hubo un peligroso silencio.

—Te daré una oportunidad más —dijo la Trunchbull sin moverse.

—¡Ah, sí, ya lo sé! —dijo Eric—. Es con K. K… E. Es fácil.

En dos zancadas, la Trunchbull se colocó detrás del pupitre de Eric y se quedó allí, como un poste amenazador cerniéndose sobre el infeliz. Eric miró temerosamente hacia atrás, por encima del hombro, al monstruo.

—Lo he dicho bien, ¿no?

—¡Lo has dicho *mal*! —rugió la Trunchbull—. La verdad es que eres como esa odiosa picadura de viruela que *siempre* está mal. ¡Te sientas mal! ¡Tu aspecto es horrible! ¡Hablas fatal! ¡No hay nada bueno en ti! Te voy a dar otra oportunidad para que lo digas bien. ¡Deletrea "que"!

Eric vaciló. Luego, muy despacio, dijo:

—No es Q… E y tampoco K… E. ¡Ah, ya sé! ¡Tiene que ser K… U… E!

La Trunchbull agarró las orejas de Eric, una con cada mano, sujetándolas con el dedo índice y el pulgar.

* *Ink* significa "tinta". (*N. del T.*)

—¡Ay! —gritó Eric—. ¡Ay! ¡Me está haciendo daño!

—¡Aún no he empezado! —dijo rudamente la Trunchbull, quien, agarrándole bien de las orejas, lo levantó de su asiento y lo sostuvo en el aire.

Igual que Rupert antes, Eric se puso a chillar como un condenado.

Desde el fondo de la clase, la señorita Honey suplicó:

—¡Por favor, señorita Trunchbull! ¡No haga eso! ¡Déjelo! ¡Le puede arrancar las orejas!

—No se arrancan nunca —le contestó airadamente la Trunchbull—. A través de mi larga experiencia, señorita Honey, he aprendido que las orejas de los niños están firmemente unidas a la cabeza.

—¡Por favor, señorita Trunchbull, déjelo! —suplicó la señorita Honey—. Podría hacerle daño, de verdad. Podría arrancárselas.

—¡Las orejas nunca se arrancan! —gritó la Trunchbull—. Se estiran maravillosamente, como éstas, pero le aseguro que nunca se arrancan.

Eric chillaba más fuerte aún y pataleaba en el aire.

Matilda no había visto nunca un niño, o cualquier otro ser, suspendido en el aire por las orejas. Al igual que la señorita Honey, estaba segura de que ambas orejas acabarían desprendiéndose en cualquier momento por el peso que soportaban.

—¡La palabra "que" se deletrea Q… U… E! ¡Ahora, repítelo tú, insecto!

Eric no lo dudó. Al ver a Rupert había aprendido, que, cuanto antes contestara, antes le soltarían.

—¡"Que" se deletrea Q… U… E! —gritó.

Sujetándolo aún por las orejas, la Trunchbull lo bajó y lo dejó en su asiento. Luego, se dirigió marcial-

mente al frente de la clase, sacudiéndose las manos como si hubiera estado manejando algo sucio.

—Ésa es la forma de enseñarles, señorita Honey —dijo—. No basta decírselo, hágame caso. Hay que metérselo en la cabeza. No hay nada como unos tirones y unos pescozones para que recuerden las cosas. Eso hace que sus mentes se concentren maravillosamente bien.

—Podría producirles lesiones permanentes, señorita Trunchbull —dijo la señorita Honey.

—Seguro que lo he hecho, seguro —respondió la Trunchbull sonriendo—. Las orejas de Eric han debido de alargarse bastante en los dos últimos minutos. Ahora serán mayores que antes. No hay nada malo en eso, señorita Honey. Durante el resto de su vida tendrá un divertido aspecto de gnomo.

—Pero, señorita Trunchbull...

—¡Oh, cállese ya, señorita Honey! Es usted tan tonta como cualquiera de ellos. Si no lo soporta usted, búsquese trabajo en alguna blandengue escuela privada para mocosos ricos. Cuando lleve tanto tiempo como yo dando clases, se dará cuenta de que no es bueno ser amable con los niños. Lea *Nicholas Nickleby* de Dickens, señorita Honey. Lea lo que hacía el señor Wackford Squeers, el admirable director del colegio Dotheboys. *Él* sí que sabía cómo manejar a esas pequeñas bestias, ¿no? Sabía cómo emplear el látigo. Procuraba que sus traseros estuvieran tan calientes que podían freírse sobre ellos huevos y tocino. ¡Un buen libro! Pero supongo que ninguno del puñado de retrasados mentales que tenemos aquí lo leerá nunca, porque, por su aspecto, ni siquiera aprenderán a leer.

—Yo lo he leído, señorita Trunchbull —dijo Matilda, tranquilamente.

La Trunchbull volvió la cabeza y miró atentamente a la pequeña de pelo oscuro y profundos ojos castaños sentada en la segunda fila.

—¿Qué has dicho? —preguntó airadamente.

—Que yo lo he leído, señorita Trunchbull.

—¿Leer, qué?

—*Nicholas Nickleby*, señorita Trunchbull.

—¡Me estás mintiendo, presumida! —gritó la Trunchbull, mirando aviesamente a Matilda—. ¡Dudo que haya un solo niño en esta escuela que haya leído ese libro, y tú, un renacuajo de infantil, quieres que te crea! ¿Por qué lo haces? ¡Debes tomarme por tonta! ¿Me tomas por tonta?

—Bien… —empezó a decir Matilda, y luego dudó. Le hubiera apetecido decir "Sí, tonta de remate", pero eso hubiera sido suicida—. Bien… —dijo de nuevo, aún dudando y negándose a decir "no".

La Trunchbull adivinó lo que la niña estaba pensando y no le hizo ninguna gracia.

—¡Levántate cuando hables conmigo! —ordenó bruscamente—. ¿Cómo te llamas?

Matilda se puso en pie y dijo:

—Me llamo Matilda Wormwood, señorita Trunchbull.

—Wormwood, ¿eh? —dijo la Trunchbull—. En ese caso debes de ser hija del propietario de Motores Wormwood, ¿no?

—Sí, señorita Trunchbull.

—¡Es un timador! —gritó la Trunchbull—. Hace una semana me vendió un coche usado que decía que estaba casi nuevo. Entonces creí que era un tipo estupendo, pero esta mañana, mientras conducía ese coche por el pueblo, se le cayó el motor al suelo. ¡Estaba lleno de serrín! ¡Ese hombre es un timador y un ladrón! ¡Voy a hacer salchichas con su piel, ya lo verás!

—Es listo para los negocios —dijo Matilda.

—¡Un bandido es lo que es! —gritó la Trunchbull—. La señorita Honey me ha dicho que tú también eres lista. ¡Pues bien, mocosa, a mí no me gustan las personas listas! ¡Son todas retorcidas! ¡Lo más seguro es que tú también seas retorcida! Antes de pelearme con tu padre me contó algunas historias desagradables de cómo te comportas en casa. Será mejor que no intentes nada en esta escuela, jovencita. Desde ahora voy a vigilarte atentamente. Siéntate y estate quieta.

El primer milagro

Matilda volvió a sentarse en su pupitre. La Trunchbull se sentó también tras la mesa de la profesora. Era la primera vez que se sentaba durante la clase. Alargó una mano y agarró la jarra de agua. Sujetando la jarra por el asa, pero sin levantarla aún, dijo:

—Nunca he podido entender por qué son tan repugnantes los niños pequeños. Son mi perdición. Son como insectos. Hay que deshacerse de ellos lo más pronto posible. De las moscas nos libramos empleando algún insecticida o colgando matamoscas. He pensado a menudo inventar un insecticida para deshacerme de los niños pequeños. ¡Qué estupendo sería entrar en esta clase con un atomizador gigante en la mano y vaciarlo aquí! O, mejor aún, colgar grandes matamoscas. Los colgaría por toda la escuela y quedarían atrapados en ellos y eso sería el fin de todo. ¿No le parece una buena idea, señorita Honey?

—Si es un chiste, señora directora, no creo que sea muy gracioso —dijo la señorita Honey desde el fondo de la clase.

—Usted no lo haría, ¿no, señorita Honey? —dijo la Trunchbull—. Y *no* es un chiste. Mi idea de una escuela perfecta es que no tenga niños pequeños, señorita Honey. Uno de estos días crearé una escuela así. Creo que será un éxito.

"Esta mujer está loca", se dijo la señorita Honey. "Sufre algún trastorno mental. De ella es de la que habría que deshacerse".

La Trunchbull levantó la gran jarra de loza azul y vertió un poco de agua en el vaso. De repente, ¡plop!, con el agua cayó en el vaso la larga y viscosa salamandra.

La Trunchbull dio un grito y pegó un brinco en su silla, como si hubiera estallado un petardo debajo de ella. Los niños vieron también el alargado y viscoso animal de vientre anaranjado, parecido a un lagarto, que se retorcía en el vaso, y se pusieron a retorcerse y a dar vueltas gritando. "¿Qué es eso? ¡Oh, es asqueroso! ¡Es una serpiente! ¡Es una cría de cocodrilo! ¡Es un caimán!".

—¡Cuidado, señorita Trunchbull! —gritó Lavender—. ¡Seguro que muerde!

La Trunchbull, la poderosa y gigantesca hembra, siguió donde estaba, con sus pantalones verdes, temblando como una hoja. La ponía especialmente furiosa el que alguien hubiera logrado hacerla brincar y gritar, porque se enorgullecía de su fortaleza. Contemplaba aquel animal que se retorcía y se debatía en el vaso. Curiosamente, no había visto nunca una salamandra. La naturaleza no era su fuerte. No tenía la más mínima idea de qué animal era aquél. Su aspecto, desde luego, era repulsivo. Lentamente, volvió a sentarse en su silla. Su aspecto era más terrorífico que nunca. Sus pequeños ojos negros se fueron encendiendo de furia y odio.

—¡Matilda! —rugió—. ¡Ponte de pie!

—¿Quién, yo? —dijo Matilda—. ¿Qué he hecho?

—¡Ponte de pie, asquerosa cucaracha!

—No he hecho nada, señorita Trunchbull, de verdad que no. Jamás había visto esa cosa viscosa.

—¡Ponte de pie enseguida, asqueroso gusano!

Matilda se incorporó de mala gana. Estaba en la segunda fila y Lavender en la de atrás, sintiéndose un poco culpable. No había pretendido crearle ningún problema a su amiga. Por otra parte, no estaba dispuesta a confesar.

—¡Eres un animal vil, repulsivo, repelente y maligno! —gritó la Trunchbull—. ¡No eres digna de esta escuela! ¡Deberías estar tras las rejas, allí es donde deberías estar! ¡Haré que te expulsen de este establecimiento con toda ignominia! ¡Haré que los inspectores te persigan por el pasillo y te arrojen por la puerta a patadas! ¡Haré que el personal te lleve hasta tu casa con guardia armada! ¡Y luego me aseguraré de que te envíen a un reformatorio para niños delincuentes y que estés allí cuarenta años por lo menos!

La Trunchbull estaba tan furiosa que tenía el rostro enrojecido y en las comisuras de los labios se le notaban pequeños

espumarajos de rabia. Pero ella no era la única que estaba poniéndose nerviosa. Matilda también estaba poniéndose roja de ira. No le importaba lo más mínimo que le
acusaran de algo que realmente hubiera hecho. Com-
prendía la razón de ello. Sin embargo, para ella era una
experiencia totalmente nueva que la acusaran de un delito que en absoluto había cometido. Ella no había tenido
nada que ver con aquel repugnante animal del vaso. "Caramba —pensó—, esa infame Trunchbull no me va a echar
la culpa de eso a mí".

—¡*Yo no he sido!* —gritó.

—¡Oh, sí, has sido tú! —le respondió, también
gritando, la Trunchbull—. ¡A ningún otro se le hubiera
ocurrido una faena como ésa! ¡Tu padre tenía razón cuando me previno contra ti! —la mujer parecía haber perdido
por completo el control de sí misma. Estaba vociferan-
do como una loca—. ¡Para ti se ha acabado esta escuela,

jovencita! —gritó—. ¡Para ti se ha acabado todo! ¡Me ocuparé personalmente de que te encierren en un sitio donde ni siquiera los cuervos puedan echarte sus excrementos! ¡Probablemente, nunca volverás a ver la luz del día!

—*¡Le he dicho que yo no he sido!* —gritó Matilda—. En mi vida he visto un animal como ése.

—¡Tú has puesto un… un… un cocodrilo en mi agua! —gritó la Trunchbull—. ¡No hay ningún delito peor en el mundo contra la directora de una escuela! ¡Ahora siéntate y no digas una palabra más! ¡Vamos, siéntate enseguida!

—*¡Pero le digo que…!* —gritó Matilda, negándose a sentarse.

—¡Y yo te digo que cierres el pico! —bramó la Trunchbull—. ¡Si no te callas inmediatamente y te sientas, me quitaré el cinturón y lo conocerás por el extremo de la hebilla!

Matilda se sentó despacio. ¡Oh, qué inmundicia! ¡Qué injusticia! ¿Cómo se atrevían a expulsarla por algo que no había hecho?

Matilda notó que empezaba a sentirse cada vez más y más enfadada… tan insoportablemente enfadada que no tardaría mucho en explotar algo dentro de ella.

La salamandra seguía retorciéndose en el vaso de agua. Parecía encontrarse muy incómoda. El vaso no era lo suficientemente grande para ella. Matilda miró airadamente a la Trunchbull. ¡Cómo la aborrecía! Miró al vaso con la salamandra. Le hubiera apetecido ir, agarrar el vaso y arrojar su contenido a la cabeza de la Trunchbull. Se estremeció al pensar lo que la Trunchbull le haría a ella si se atrevía a hacer eso.

La Trunchbull estaba sentada tras la mesa de la profesora, mirando con una mezcla de horror y fascinación la salamandra que se debatía en el vaso. Poco a poco, Matilda comenzó a sentir que la invadía una sensación de lo más extraordinaria y peculiar. Tenía esa sensación especialmente en los ojos. Parecía concentrarse en ellos una especie de fluido eléctrico. En lo más profundo de ellos se estaba creando una sensación de poder, una sensación de gran fuerza. Pero notaba otra sensación completamente distinta, que no se explicaba. Era como rayos, como si sus ojos despidieran pequeñas oleadas de rayos. Sus globos oculares comenzaron a calentarse, como si estuvieran gestando una gran energía en su interior. Era una sensación asombrosa. Mantuvo los ojos fijos en el vaso y el poder se fue concentrando en una pequeña zona de cada ojo, creciendo cada vez más, y tuvo la sensación de que de sus ojos salían millones de diminutos e invisibles brazos con manos y se dirigían al vaso que estaba mirando.

—¡*Vuélcalo!* —murmuró Matilda—. ¡*Vuélcalo!*

Vio que el vaso comenzaba a tambalearse. Realmente, se inclinó unos milímetros hacia atrás y luego se enderezó de nuevo. Matilda siguió empujándolo con aquellos millones de pequeños brazos invisibles que salían de sus ojos, notando el poder que emergía en línea recta de los dos puntos negros que tenía en el centro de sus globos oculares.

—¡*Vuélcalo!* —murmuró de nuevo—. ¡*Vuélcalo!*

El vaso se tambaleó de nuevo. Empujó mentalmente con más fuerza, deseando que sus ojos emitieran más poder. Y entonces, muy lentamente, tan lentamente que ella apenas pudo ver lo que sucedía, el vaso comenzó a inclinarse hacia atrás, más y más hacia atrás, hasta que se quedó en equilibrio sobre el borde del fondo. Allí vaciló unos segundos antes de venirse abajo y volcarse con un fuerte tintineo encima de la mesa. El agua que contenía y la salamandra que no dejaba de retorcerse cayeron sobre el enorme pecho de la señorita Trunchbull. La directora soltó un alarido que hizo temblar los cristales de las ventanas del edificio y, por segunda vez en los últimos segundos, salió disparada de su silla como un cohete. La salamandra se asió desesperadamente al guardapolvo de algodón en la parte donde cubría el pecho, clavando allí sus patas en forma de garras. La Trunchbull bajó la vista y lo vio; soltó otro alarido aún más fuerte y de un manotazo lanzó al animal volando por la clase. Aterrizó en el suelo, junto al pupitre de Lavender y, con gran rapidez, ésta se agachó, la agarró y la metió en su estuche para otra ocasión. Pensó que era muy útil tener una salamandra.

La Trunchbull, con la cara más parecida a un jamón cocido que nunca, estaba de pie, frente a los alumnos, temblando de rabia. Su enorme pecho subía y bajaba y las salpicaduras de agua formaban una mancha húmeda que probablemente le había calado hasta la piel.

—¿*Quién lo ha hecho?* —rugió—. *¡Vamos! ¡Que confiese! ¡Que dé un paso adelante! ¡Esta vez no te escaparás! ¿Quién es culpable de esta faena? ¿Quién ha volcado este vaso?*

Nadie respondió. La clase permanecía silenciosa como una tumba.

—¡Matilda! —rugió—. ¡Has sido tú! ¡Sé que has sido tú!

Matilda estaba sentada muy tranquila en la segunda fila y no dijo nada. La invadía una extraña sensación de serenidad y confianza y, de repente, se dio cuenta de que no temía a nadie en el mundo. Con el único poder de sus ojos había podido volcar un vaso de agua y derramar su contenido sobre la horrible directora, y quien pudiera hacer eso, podría hacer cualquier cosa.

—¡Habla, ántrax purulento! —rugió la Trunchbull—. ¡Admite que fuiste tú!

Matilda miró directamente a los ojos airados de aquella gigantesca mujer enfurecida y dijo con toda calma:

—Yo no me he movido de mi pupitre desde que empezó la clase, señorita Trunchbull. No tengo otra cosa que decir.

De pronto, toda la clase se alzó contra la directora.

—¡No se ha movido! —gritaron—. ¡Matilda no se ha movido! ¡Nadie se ha movido! ¡Lo ha debido de volcar usted!

—¡Yo, desde luego, no lo he volcado! —rugió la Trunchbull—. ¿Cómo se atreven a sugerir una cosa así? ¡Hable, señorita Honey! ¡Usted debe de haber visto todo! ¿Quién ha volcado mi vaso de agua?

—No ha sido ninguno de los niños, señorita Trunchbull —respondió la señorita Honey—. Puedo asegurarle que durante el tiempo que ha estado usted aquí no se ha movido nadie de su pupitre, excepto Nigel, y éste no se ha apartado del rincón.

La señorita Trunchbull miró airadamente a la señorita Honey. Ésta aguantó su mirada sin pestañear.

—Le estoy diciendo la verdad, señora directora —dijo—. Debe de haberlo volcado usted sin darse cuenta. Eso puede pasar fácilmente.

—¡Estoy harta de ustedes, enanos inútiles! —gritó la Trunchbull—. ¡Me niego a perder mi valioso tiempo aquí! —y, diciendo esto, salió marcialmente de la clase, dando un portazo.

En el estupefacto silencio que siguió, la señorita Honey se dirigió a la parte delantera de la clase y se quedó de pie tras su mesa.

—¡Uy! —dijo—. Creo que hemos tenido bastante por hoy, ¿no? La clase ha terminado. Pueden irse al patio y esperar a que vengan sus padres a recogerlos.

El segundo milagro

Matilda no salió con los demás de la clase. Después de que hubieran desaparecido los otros niños, ella siguió en su pupitre, tranquila y pensativa. Sabía que tenía que contarle a alguien lo que había sucedido con el vaso. No podía guardar para sí un secreto tan importante como ése. Lo que necesitaba era sólo una persona, un adulto inteligente y comprensivo que le ayudara a entender el significado de ese extraordinario suceso.

Sus padres no le servían. En el caso de que se creyeran su historia, lo cual resultaba dudoso que ocurriera, era casi seguro que no acertarían a comprender el suceso tan asombroso que había tenido lugar en la clase esa tarde. Sin dudarlo, decidió que la única persona en la que le gustaría confiar era la señorita Honey.

Matilda y la señorita Honey eran las únicas personas que permanecían en la clase. La señorita Honey se había sentado a su mesa y estaba hojeando unos papeles. Levantó la vista y dijo:

—Bien, Matilda, ¿no te vas con los demás?

Matilda dijo:

—Por favor, ¿podría hablar con usted un momento?

—Claro que puedes. ¿Qué te sucede?

—Me ha sucedido algo muy raro, señorita Honey.

La señorita Honey se sintió enseguida interesada. Desde las dos desastrosas entrevistas que había tenido recientemente sobre Matilda, la primera con la directora de la escuela y la segunda con los espantosos señores Wormwood, la señorita Honey había pensado mucho en esta niña y se había preguntado cómo podría ayudarla. Y ahora, allí estaba Matilda, sentada en la clase con una expresión curiosamente exaltada, preguntándole si podía hablar con ella en privado. La señorita Honey no había visto antes aquella expresión tan peculiar, con el asombro reflejado en sus ojos.

—Sí, Matilda —dijo—. Cuéntame eso tan raro que te ha sucedido.

—La señorita Trunchbull no va a expulsarme, ¿verdad? —preguntó Matilda—. Porque no fui yo quien puso ese animal en su jarra de agua. Le prometo que no fui yo.

—Sé que no fuiste tú —dijo la señorita Honey.

—¿Me van a expulsar?

—Creo que no —dijo la señorita Honey—. La directora se enfadó un poco, eso es todo.

—Está bien —dijo Matilda—, pero no era eso de lo que quería hablarle.

—¿De qué quieres hablarme, Matilda?

—Quiero hablarle del vaso de agua con el animal dentro —dijo Matilda—. Usted vio cómo se volcó sobre la señorita Trunchbull, ¿no?

—Claro que sí.

—Bien, señorita Honey. Yo no lo toqué. No me acerqué a él.

—Ya sé que no lo hiciste —dijo la señorita Honey—. Tú escuchaste que le dije a la directora que era imposible que hubieras sido tú.

—Pero es que fui yo, señorita Honey —dijo Matilda—. De eso es precisamente de lo que quería hablarle.

La señorita Honey se quedó un momento en silencio y miró atentamente a la niña.

—Me parece que no te comprendo —dijo al fin.

—Me enfadé tanto de que me acusara de algo que no había hecho, que hice que sucediera.

—¿Qué es lo que hiciste que sucediera, Matilda?

—Que se volcara el vaso.

—Aún sigo sin entender lo que dices —dijo amablemente la señorita Honey.

—Lo hice con los ojos —explicó Matilda—. Yo estaba mirándolo y deseando que se volcara y entonces sentí en ellos calor y algo raro y salió de ellos una especie de fuerza, y el vaso se volcó.

La señorita Honey seguía mirando fijamente a Matilda a través de sus gafas de armazón metálico y Matilda la miraba también a ella fijamente.

—Sigo sin entenderte —dijo—. ¿Quieres decir que en realidad obligaste al vaso a que se volcara?

—Sí —contestó Matilda—. Con los ojos.

La señorita Honey se quedó callada un momento. No creía que Matilda mintiera. Lo más probable es que, sencillamente, estuviera dando rienda suelta a su viva imaginación.

—¿Quieres decir que, sentada donde estás, le ordenaste al vaso que se volcara y éste lo hizo?

—Algo así, señorita Honey, sí.

—Si hiciste eso, entonces es el mayor milagro que haya realizado una persona desde los tiempos de Jesús.

—Lo hice, señorita Honey.

"Es extraordinario —pensó la señorita Honey— con qué frecuencia tienen los niños ideas fantásticas como ésta". Decidió poner fin al asunto de la forma más amable posible.

—¿Podrías hacerlo de nuevo? —preguntó amablemente.

—No lo sé —contestó Matilda—, pero creo que sería capaz.

La señorita Honey colocó el vaso vacío en el centro de la mesa.

—¿Le pongo agua? —preguntó, sonriendo ligeramente.

—No creo que importe —dijo Matilda.

—Está bien. Adelante, pues. Vuelca el vaso.

—Puede que tarde algún tiempo.

—Tómate todo el tiempo que quieras —dijo la señorita Honey—. No tengo ninguna prisa.

Matilda, sentada en la segunda fila, a unos cuatro metros de la señorita Honey, apoyó los codos en el pupitre y la cabeza entre las manos. Esta vez dio la orden

desde el principio. "¡Vuélcate, vaso! ¡Vuélcate!", ordenó, pero sus labios no se movieron y no produjo ningún sonido. Se limitó a pronunciar las palabras mentalmente. Concentró la totalidad de su pensamiento, de su cerebro y de su voluntad en sus ojos y sintió de nuevo, sólo que mucho más rápidamente que antes, la acumulación de electricidad, la fuerza que comenzaba a manifestarse y el calor que empezaba a sentir en los globos oculares y, luego, los millones de diminutos e invisibles brazos con manos que salían y se dirigían al vaso y, sin hacer ningún ruido, ella siguió gritándole al vaso, desde el interior de su mente, que se volcara. Lo vio tambalearse, luego ladearse y, luego, volcar con un sonido tintineante en la mesa, a menos de veinte centímetros de los brazos cruzados de la señorita Honey.

La señorita Honey se quedó con la boca abierta y los ojos tan grandes que podía verse el blanco de ellos. No dijo una palabra. No podía. La impresión de ver realizado el milagro la había dejado sin habla. Miraba boquiabierta el vaso, inclinada sobre él, pero lejos, como si fuera un objeto peligroso. Después levantó la cabeza con lentitud y miró a Matilda. Vio que la niña tenía el rostro blanco como el papel y temblaba, con los ojos vidriosos mirando al frente sin ver nada. Tenía el rostro transfigurado, los ojos desencajados y brillantes y seguía sentada sin hablar, hermosa en medio de aquel silencio.

La señorita Honey esperó, temblando también ella y observando a la niña que, poco a poco, recuperaba la conciencia. Y entonces, de repente, su rostro adquirió un aspecto de tranquilidad seráfica.

—Estoy bien —dijo, y sonrió—. Estoy bastante bien, señorita Honey, no se preocupe.

—Parecías completamente ausente —dijo la señorita Honey en voz baja, atemorizada.

—Lo estaba. Volaba junto a las estrellas con alas de plata —dijo Matilda—. Ha sido maravilloso.

La señorita Honey seguía mirando a la niña con total admiración, como si fuera La Creación, El Principio del Mundo, La Primera Mañana.

—Esta vez vino mucho más rápido —comentó muy tranquila Matilda.

—¡No es posible! —exclamó la señorita Honey con voz entrecortada—. ¡No lo creo! ¡Sencillamente, no lo creo! —cerró los ojos y los mantuvo cerrados durante un rato y, cuando los volvió a abrir, parecía haberse recuperado—. ¿Te gustaría venir a merendar conmigo a mi casa? —preguntó.

—¡Oh, sí! Me encantaría —dijo Matilda.

—Está bien. Recoge tus cosas y yo me reuniré contigo fuera, dentro de un par de minutos.

—No le contará a nadie lo que… lo que he hecho, ¿no, señorita Honey?

—No se me ocurriría —dijo la señorita Honey.

La casa de la señorita Honey

La señorita Honey se reunió con Matilda fuera de la escuela y las dos anduvieron en silencio por la calle Mayor del pueblo. Pasaron por delante de la frutería, con su escaparate lleno de manzanas y naranjas; de la carnicería, con su exhibición de carne sanguinolenta y pollos desplumados colgados; del pequeño banco y de la tienda de ultramarinos y de la tienda de material eléctrico, y llegaron al otro lado del pueblo, a la estrecha carretera rural donde ya no había gente y muy pocos coches.

Ahora que estaban solas, Matilda se volvió repentinamente muy comunicativa. Parecía como si hubiera estallado una válvula dentro de ella y estuviera liberándose un torrente de energía. Correteaba junto a la señorita Honey dando pequeños saltitos y extendía los dedos como si quisiera dispersarlos a los cuatro vientos y sus palabras salían como fuegos artificiales, a una terrible velocidad. Era "señorita Honey esto y señorita Honey lo otro y, mire señorita Honey, creo honradamente que puedo mover casi todo en el mundo, no sólo volcar vasos y cosas pequeñas como ésa... creo que podría volcar mesas y sillas, señorita Honey... Incluso cuando hay gente sentada en las sillas, creo que podría volcarlas, y cosas mayores también, cosas mucho mayores que sillas y mesas... Sólo necesito disponer de un momento para concentrar la fuerza en los ojos y entonces puedo lanzar esta fuerza a cualquier cosa, en tanto la mire fijamente... Tengo que mirarla muy fijamente, señorita Honey, muy, muy fijamente y entonces noto que todo eso sucede dentro de mis ojos, y los ojos se calientan como si estuvieran ardiendo, pero eso no me importa lo más mínimo, señorita Honey...".

—Cálmate, chica, cálmate —dijo la señorita Honey—. No nos precipitemos.

—Pero usted cree que es *interesante*, ¿no, señorita Honey?

—Claro que es *interesante* —dijo la señorita Honey—. Es más que *interesante*. Pero, a partir de ahora, tenemos que andar con mucho cuidado, Matilda.

—¿Por qué tenemos que andar con cuidado, señorita Honey?

—Porque estamos jugando con fuerzas misteriosas, de las que no conocemos nada. No

creo que sean fuerzas malignas. Puede que sean buenas. Puede que sean, incluso, divinas. Pero, lo sean o no, vamos a manejarlas con cuidado.

Eran palabras sensatas de una persona sensata, pero Matilda estaba demasiado emocionada para verlo de la misma forma.

—No veo por qué hemos de tener tanto cuidado —dijo, sin dejar de brincar.

—Estoy intentando explicarte —dijo pacientemente la señorita Honey— que nos enfrentamos con lo desconocido. Es una cosa inexplicable. La palabra apropiada para ello es fenómeno. Es un fenómeno.

—¿Soy yo un fenómeno? —preguntó Matilda.

—Es muy posible que lo seas —respondió la señorita Honey—, pero yo, en tu lugar, no pensaría de momento que se trata de algo especial. Lo que pienso que podíamos hacer es estudiar un poco más este fenómeno, sólo nosotras dos, pero tomándonos las cosas con calma todo el tiempo.

—¿Entonces quiere usted que haga algo más, señorita Honey?

—Eso es lo que estoy tentada de proponerte —dijo precavidamente la señorita Honey.

—¡Estupendo! —exclamó Matilda.

—Probablemente —dijo la señorita Honey—, me desconcierta bastante más lo que hiciste que cómo eres y estoy tratando de encontrarle una explicación razonable.

—¿Como qué? —preguntó Matilda.

—Como, por ejemplo, si tiene algo que ver o no el hecho de que tú eres excepcionalmente precoz.

—¿Qué significa exactamente esa palabra? —preguntó Matilda.

—Un niño precoz —dijo la señorita Honey— es el que muestra una inteligencia asombrosa muy pronto. Tú eres una niña increíblemente precoz.

—¿Lo soy de verdad? —preguntó Matilda.

—Por supuesto que lo eres. Debes saberlo. Fíjate en lo que has leído. Y en las matemáticas que sabes.

—Supongo que tiene razón —dijo Matilda.

La señorita Honey se asombró de la falta de vanidad y de la timidez de la niña.

—No dejo de preguntarme —dijo— si esta repentina aptitud tuya de poder mover un objeto sin tocarlo tiene algo que ver o no con tu capacidad intelectual.

—¿Quiere usted decir que no hay sitio suficiente en mi cabeza para tanto cerebro y, por ello, tiene que echar algo fuera?

—Eso no es exactamente lo que quiero decir —dijo la señorita Honey sonriendo—. Pero, pase lo que pase, lo repito de nuevo, hemos de proceder con sumo cuidado a partir de ahora. No he olvidado ese aspecto extraño y distante de tu cara después de volcar el vaso.

—¿Cree usted que podría hacerme daño? ¿Es eso lo que piensa, señorita Honey?

—Te hizo sentirte muy rara, ¿no?

—Me hizo sentirme deliciosamente bien —dijo Matilda—. Durante unos instantes me sentí volando por las estrellas con alas plateadas. Ya se lo dije. ¿Quiere que le diga otra cosa, señorita Honey? Fue más fácil la segunda vez, mucho más fácil. Creo que es como cualquier otra cosa, que cuanto más se practica, mejor se hace.

La señorita Honey andaba despacio, por lo que la niña podía seguirla sin tener que correr mucho, lo que resultaba muy placentero por aquella carretera estrecha, ahora que habían dejado atrás el pueblo. Era una tarde espléndida de otoño y las bayas coloradas de los setos y espinos empezaban a madurar para que los pájaros pudieran comérselas cuando llegara el invierno. A ambos lados se veían elevados robles, sicomoros y fresnos y, de vez en cuando, algún castaño. La señorita Honey, que deseaba dejar de momento el tema, le dijo a Matilda el nombre de todos y le enseñó a reconocerlos por la forma de sus hojas y la rugosidad de la corteza de sus troncos.

Matilda aprendió todo aquello y almacenó esos conocimientos en su mente.

Llegaron por último a un hueco en el seto del lado izquierdo de la carretera, donde había una cancilla de cinco barrotes.

—Por aquí —dijo la señorita Honey, que abrió la cancilla, hizo pasar a Matilda y la volvió a cerrar. Tomaron un camino estrecho que no era más que una senda de carros llena de baches. A ambos lados había una apretada formación de avellanos, árboles en los que se arracimaban sus frutos de color castaño pardo en sus envolturas verdes.

—Pronto empezarán a recogerlas las ardillas —dijo la señorita Honey— y almacenarlas cuidadosamente para cuando lleguen los fríos meses que se avecinan.

—¿Quiere decir que usted vive aquí? —preguntó Matilda.

—Así es —contestó la señorita Honey, pero no dijo nada más.

Matilda jamás se había detenido a pensar dónde viviría la señorita Honey. La había considerado siempre como una profesora, una persona que surgía de no se sabía dónde, daba clases en la escuela y luego desaparecía de nuevo. "¿Alguna vez nos detenemos a pensar —se preguntó Matilda— dónde van nuestras profesoras cuando terminan de dar sus clases? ¿Nos preguntamos si viven solas o si tienen en casa una madre, una hermana o un marido?".

—¿Vive usted sola, señorita Honey? —preguntó.

—Sí —dijo la señorita Honey—. Muy sola.

Caminaban por las profundas rodadas del camino, bañadas por el sol y tenían que mirar dónde ponían los pies si no querían romperse un tobillo. Se veían algunos pajarillos en las ramas de los avellanos, y eso era todo.

—No es más que la casa de un granjero —dijo la señorita Honey—. No esperes mucho de ella. Ya estamos cerca.

Llegaron a una pequeña puerta verde, medio escondida por el seto de la derecha y casi oculta por las ramas que sobresalían de los avellanos. La señorita Honey se detuvo ante ella.

—Aquí es —dijo—. Aquí vivo.

Matilda divisó un estrecho y descuidado sendero que conducía a una casa diminuta de ladrillo rojo. Era tan pequeña que parecía más una casa de muñecas que una vivienda. Los ladrillos con los que estaba construida eran viejos, desgastados y de color rojo muy claro. El tejado era de pizarra gris y asomaba en él una pequeña chimenea y se veían dos pequeñas ventanas en la parte

delantera. Cada ventana no parecía mayor que la plana de un periódico y la casita no disponía de planta alta. El terreno a ambos lados del sendero estaba muy descuidado, lleno de ortigas, zarzas y hierbajos de color pardo. Un roble enorme daba sombra a la casa. Sus imponentes y alargadas ramas parecían envolver y abrazar la casita y, quizá también, ocultarla del resto del mundo.

La señorita Honey, con una mano apoyada en la puerta, que aún no había abierto, se volvió a Matilda y dijo:

—Cuando vengo por este sendero recuerdo algo que escribió un poeta llamado Dylan Thomas.

Matilda permaneció callada y la señorita Honey comenzó a recitar el poema con voz sorprendentemente armoniosa:

Vayas donde vayas, amiga mía,
Por el país de las historias que se cuentan a la luz de
[la lumbre
No tengas miedo de que el lobo disfrazado de piel de
[cordero
Brincando y balando, torpe y alegremente, querida
[mía,
Salga de su guarida, entre hojas humedecidas por
[el rocío
Para comerse tu corazón en la casita rosada del
[bosque.

Hubo un momento de silencio y Matilda, que nunca había oído recitar poesía romántica en voz alta, se sintió profundamente emocionada.

—Parece música —murmuró.

—Es música —dijo la señorita Honey que, a continuación y como avergonzada de haber revelado ese aspecto íntimo de sí misma, abrió rápidamente la puerta del jardín y entró en el sendero. Matilda se quedó atrás.

Le asustaba un poco aquel sitio. Le parecía irreal, aislado y fantástico y, por tanto, muy alejado de este mundo. Era como una ilustración de un cuento de los hermanos Grimm o de Hans Christian Andersen. Recordaba la casa en que vivía el pobre leñador con Hansel y Gretel, donde vivía la abuela de Caperucita Roja y, también, la casa de los siete enanitos, la de los tres osos y la de muchos más. Parecía sacada de un cuento de hadas.

—Ven, querida —dijo la señorita Honey, y Matilda la siguió por el sendero.

La puerta principal estaba pintada de verde; se hallaba desconchada y no tenía cerradura. La señorita Honey se limitó a levantar el pestillo, abrió la puerta y entró. Aunque no era una mujer alta, tuvo que agacharse un poco al traspasar la puerta. Matilda la siguió y se encontró en una especie de pasadizo estrecho y oscuro.

—Ven a la cocina y ayúdame a preparar la merienda —dijo la señorita Honey, y la condujo a la cocina, si así podía llamarse. No era mucho mayor que un armario de buen tamaño y sólo tenía una pequeña ventana que daba a la parte trasera de la casa, debajo de la cual había un pequeño fregadero sin grifos. En otra pared había una repisa, presumiblemente para preparar la comida y, encima de ella, un pequeño armarito. En la repisa había un hornillo de petróleo, un cazo y una botella graduada de leche. El hornillo era del tipo de los que se usan en el campo, que se llena de petróleo, se enciende en la parte superior y, con un émbolo, se da presión a la llama.

—Podrías traer un poco de agua mientras yo enciendo el hornillo —dijo la señorita Honey—. El pozo está fuera, en la parte de atrás. Toma el cubo. Está ahí. En el pozo encontrarás una cuerda. Ata el cubo a un extremo de ella y bájalo al fondo, pero no vayas a caerte dentro.

Matilda, más perpleja que nunca, tomó el cubo y se dirigió a la parte trasera del jardín. El pozo tenía un tejadillo de madera y un sencillo cabrestante del que

pendía una cuerda que se perdía en el oscuro agujero sin fondo. Matilda subió la cuerda y ató el asa del cubo a su extremo. La bajó luego, hasta que escuchó un chapoteo y la cuerda se destensó. La subió de nuevo, con el cubo lleno de agua.

—¿Está bien así? —preguntó cuando regresó a la casa.

—Es suficiente —dijo la señorita Honey—. Supongo que no habías hecho esto nunca, ¿no?

—Jamás —dijo Matilda—. Es divertido. ¿Cómo consigue suficiente agua para bañarse?

—No me baño —dijo la señorita Honey—. Me lavo de pie. Saco un cubo lleno de agua, que caliento en este hornillo, me desnudo y me lavo por todas partes.

—¿De verdad hace eso? —preguntó Matilda.

—Por supuesto que sí —dijo la señorita Honey—. La gente pobre de Inglaterra se lavaba de esa forma hasta no hace mucho. Y no tenían hornillos de petróleo. Tenían que calentar el agua en la lumbre.

—¿Usted es pobre, señorita Honey?

—Sí, mucho —dijo la señorita Honey—. Es un hornillo estupendo, ¿no te parece?

El hornillo rugía con una llama muy fuerte, azulada, y el agua del cazo estaba empezando a hervir. La señorita Honey sacó una tetera del armarito y echó un poco de té en su interior. Sacó también media hogaza de pan moreno. Cortó dos rebanadas delgadas y, luego, de un recipiente de plástico, tomó un poco de margarina y la extendió sobre el pan.

"Margarina", pensó Matilda. "Es cierto que debe de ser muy pobre".

La señorita Honey buscó una bandeja y colocó en ella dos tazas, la tetera, la botella mediada de leche y un plato con las dos rebanadas de pan.

—Siento no tener azúcar —dijo—. No la uso.

—Está bien así —dijo Matilda. Con su sensatez, parecía darse cuenta de lo delicado de la situación y ponía gran cuidado en no decir nada que pudiera turbar a su acompañante.

—Vamos a llevarla a la sala —dijo la señorita Honey, agarrando la bandeja y saliendo de la cocina para dirigirse, a través del pequeño pasadizo oscuro, a la habitación de delante. Matilda la siguió y se detuvo, totalmente asombrada, a la puerta de la llamada sala. La habitación era pequeña, cuadrada y desnuda, como la celda de una cárcel. La escasa luz que entraba provenía de una única y diminuta ventana de la pared de enfrente, desprovista de cortinas. Los únicos objetos que había en la habitación eran dos cajas de madera puestas boca abajo, que hacían las veces de sillas, y una tercera caja, colocada entre las otras dos y también boca abajo, que hacía de mesa. Eso era todo. No había un solo cuadro en las paredes ni alfombra en el suelo, que era de toscos tablones de madera sin encerar; entre los resquicios de los tablones se acumulaba el polvo y la suciedad. El techo era tan bajo que Matilda hubiera alcanzado a tocarlo con las puntas de los dedos de un salto. Las paredes eran blancas, pero su blancura no parecía pintura. Matilda pasó la palma de la mano por ella y se le quedó adherido a la piel un polvillo blanco. Era cal, el producto más barato, que se emplea en establos, cuadras y gallineros.

Matilda estaba horrorizada. ¿Era allí donde realmente vivía su aseada y pulcramente vestida profesora? ¿Era allí donde iba tras un día de trabajo? Resultaba increíble. ¿Qué razones había para ello? Seguramente había algo muy extraño en todo esto.

La señorita Honey colocó la bandeja sobre la caja que hacía de mesa.

—Siéntate, querida, siéntate —dijo— y tomemos una taza de té bien caliente. Sírvete tú misma el pan. Las dos rebanadas son para ti. Yo nunca como nada cuando vuelvo a casa. A la hora del almuerzo me doy una buena comilona en la escuela y eso me mantiene hasta la mañana siguiente.

Matilda se sentó con cuidado en una de las cajas y, más por educación que por otra cosa, tomó una rebanada de pan con margarina y empezó a comérsela. En su casa hubiera tomado una rebanada untada de mantequilla y mermelada de fresa y, probablemente, un trozo de pastel. Y, sin embargo, esto era mucho más divertido. En aquella casa se escondía un enigma, un gran enigma, de eso no había duda y Matilda estaba dispuesta a averiguar qué era.

La señorita Honey sirvió el té y añadió un poco de leche en ambas tazas. No parecía preocuparle en absoluto estar sentada en una caja boca abajo, en una habitación desprovista de muebles y tomando té de una taza que apoyaba en la rodilla.

—¿Sabes una cosa? —dijo—. He pensado mucho en lo que hiciste con el vaso. Es un gran poder que tienes, chiquilla.

—Sí, señorita Honey, lo sé —respondió Matilda, al tiempo que masticaba el pan con margarina.

—Por lo que yo sé —prosiguió la señorita Honey—, no ha existido jamás nadie en el mundo que haya sido capaz de mover un objeto sin tocarlo o soplando sobre él o empleando algún método externo.

Matilda asintió con la cabeza pero no dijo nada.

—Lo fascinante —dijo la señorita Honey— sería averiguar el límite real de ese poder. Ya sé que tú crees que puedes mover todo lo que quieras, pero yo tengo mis dudas sobre eso.

—Me encantaría intentarlo con algo realmente grande —dijo Matilda.

—¿Y a qué distancia? —preguntó la señorita Honey—. ¿Tienes que estar siempre cerca del objeto que tratas de mover?

—Francamente, no lo sé —dijo Matilda—. Pero sería divertido averiguarlo.

La historia
de la señorita Honey

—No debemos apresurarnos —dijo la señorita Honey—, así que tomemos otra taza de té. Y cómete esa otra rebanada de pan. Debes de estar hambrienta.

Matilda cogió la segunda rebanada y empezó a comérsela lentamente. La margarina no era mala. Si no lo hubiera sabido, puede que no hubiera notado la diferencia con la mantequilla.

—Señorita Honey —inquirió repentinamente—, ¿le pagan poco en la escuela?

La señorita Honey levantó de inmediato la vista.

—No, no —dijo—. Me pagan lo mismo que a los demás.

—Pues entonces, si usted es tan pobre, debe de ser muy poco —supuso Matilda—. ¿Viven así todos los profesores, sin muebles, cocina ni cuarto de baño?

—No —contestó la señorita Honey, un poco desconcertada—. Da la casualidad de que yo soy la excepción.

—Supongo, entonces, que lo que pasa es que a usted le gusta vivir de forma muy sencilla —dijo Matilda, tratando de sonsacarle un poco más—. La limpieza de la casa debe de ser mucho más fácil y no tiene muebles que encerar ni todos esos objetos estúpidos a los que hay que quitar el polvo todos los días. Y me figuro que, si usted no tiene refrigerador, se evita tener que comprar toda clase de cosas, como huevos y mayonesa y helados con que llenarlo. Debe evitarse un montón de compras.

Matilda notó en ese momento que el rostro de la señorita Honey se había vuelto tenso y su mirada extraña. El cuerpo se le había tornado rígido. Se le había encorvado la espalda, tenía los labios fuertemente apretados y estaba sentada, sujetando su taza de té con ambas manos, con la mirada baja fija en ella, como buscando la forma de contestar aquellas preguntas no tan inocentes.

Sintió un silencio largo y embarazoso. En el transcurso de treinta segundos, el ambiente de la diminuta habitación había cambiado completamente y ahora se respiraba incomodidad y secreto.

—Siento haberle preguntado eso, señorita Honey —dijo Matilda—. No es de mi incumbencia.

La señorita Honey pareció reanimarse de repente. Sacudió los hombros y dejó cuidadosamente su taza en la bandeja.

—¿Por qué no ibas a preguntarlo? —dijo—. Tenías que acabar preguntándolo. Eres demasiado despierta para no haber sentido curiosidad. Quizá yo misma *deseaba* que me preguntaras. Después de todo, puede que sea por eso por lo que te invité a venir. Por cierto que eres la primera visita que viene a esta casa desde que me trasladé a ella, hace dos años.

Matilda no dijo nada. Notaba la creciente tensión que reinaba en la habitación.

—Eres tan inteligente para tus años, querida —prosiguió diciendo la señorita Honey—, que eso es lo que me asombra. Aunque pareces una niña, no lo eres, porque tu mentalidad y tu capacidad de razonamiento parecen los de una persona completamente desarrollada. Así que supongo que podríamos llamarte una niña adulta, si comprendes lo que quiero decir.

Matilda siguió sin decir nada. Esperaba lo que tenía que ir a continuación.

—Hasta ahora —prosiguió la señorita Honey—, me ha resultado imposible hablar con nadie de mis problemas. No podía soportar la vergüenza y, en cualquier caso, me falta valor. El valor que pudiera tener me lo quitaron cuando era joven. Pero ahora, de repente, siento un deseo desesperado de contárselo todo a alguien. Sé que sólo eres una niña, pero tú tienes una especie de magia. Lo he comprobado con mis propios ojos.

Matilda se puso en guardia. La voz que escuchaba estaba pidiendo ayuda. Era más que probable. Era seguro.

La voz volvió a hablar.

—Toma un poco más de té —dijo—. Aún queda algo.

Matilda asintió.

La señorita Honey sirvió té en ambas tazas y añadió leche. Volvió a agarrar de nuevo su taza con ambas manos y siguió sentada, tomándoselo a sorbitos.

184

Hubo un largo silencio. Luego preguntó:

—¿Puedo contarte una historia?

—Naturalmente —respondió Matilda.

—Tengo veintitrés años —dijo la señorita Honey— y, cuando nací, mi padre era médico en este pueblo. Teníamos una casa antigua preciosa, bastante grande, de ladrillo rojo. Está oculta en el bosque, detrás de las colinas. No creo que la conozcas.

Matilda se mantuvo callada.

—Yo nací allí —continuó la señorita Honey—. Entonces sucedió la primera tragedia. Mi madre murió cuando yo tenía dos años. Mi padre, un médico muy ocupado, tuvo que buscar a alguien que llevara la casa y se ocupara de mí. Así, pues, invitó a que se viniera a vivir con nosotros a una hermana soltera de mi madre. Ella accedió y vino.

Matilda escuchaba atentamente.

—¿Qué edad tenía su tía cuando vino? —preguntó.

—No era mayor —dijo la señorita Honey—. Diría que unos treinta. Pero desde el primer momento la odié. Echaba muchísimo de menos a mi madre y mi tía no era nada amable. Mi padre no lo sabía, porque estaba poco en casa, pero cuando estaba, mi tía se comportaba de forma diferente.

La señorita Honey hizo una pausa y bebió un poco de té.

—No sé por qué te estoy contando todo esto —dijo avergonzada.

—Siga, por favor —rogó Matilda.

—Bien —dijo la señorita Honey—, entonces ocurrió la segunda tragedia. Cuando yo tenía cinco años, mi padre murió repentinamente. Un día estaba aquí y al siguiente ya se había ido. Tuve, pues, que vivir sola con mi tía. Fue mi tutora legal. Tenía sobre mí todo el poder de mi padre y, de una forma u otra, se convirtió en la verdadera propietaria de la casa.

—¿De qué murió su padre? —preguntó Matilda.

—Es curioso que me preguntes eso —dijo la señora Honey—. Yo era entonces demasiado pequeña para preguntarlo, pero he averiguado que su muerte estuvo rodeada de mucho misterio.

—¿No se supo de qué había muerto? —preguntó Matilda.

—No es eso exactamente —dijo vacilante la señorita Honey—. Nadie creía que mi padre, quien era un hombre sensato e inteligente, hubiera podido hacerlo.

—¿Hacer qué? —preguntó Matilda.

—*Suicidarse.*

Matilda se quedó pasmada.

—¿Lo hizo? —preguntó boquiabierta.

—*Eso pareció* —dijo la señorita Honey—. Pero quién puede saberlo —se encogió de hombros, se volvió y miró fuera, a través de la diminuta ventana.

—Sé lo que está pensando —dijo Matilda—. Piensa que lo asesinó su tía e hizo que pareciera como si lo hubiera hecho él.

—No estoy pensando nada —dijo la señorita Honey—. No deben pensarse esas cosas sin tener pruebas.

La pequeña habitación quedó en silencio. Matilda notó que las manos que sujetaban la taza temblaban ligeramente.

—¿Qué pasó después de eso? —preguntó—. ¿Qué pasó cuando la dejaron sola con su tía? ¿No se portó bien con usted?

—¿Bien? —dijo la señorita Honey—. Era un demonio. En cuanto desapareció mi padre se convirtió en un verdadero horror. Mi vida fue una pesadilla.

—¿Qué le hizo a usted? —preguntó Matilda.

—No me gusta hablar de eso —dijo la señorita Honey—. Es demasiado horrible. Pero ella me aterrorizaba tanto que me ponía a temblar cuando entraba en la habitación donde yo estaba. Debes comprender que yo no he tenido nunca un carácter fuerte como el tuyo. Yo estaba siempre asustada y retraída.

—¿No tenía usted otros parientes? —preguntó Matilda—. ¿Tíos o abuelos que vinieran a verla?

—Ninguno que yo conociera —dijo la señora Honey—. Todos habían muerto o se habían ido a Australia.

—Así que usted creció sola en esa casa con su tía —dijo Matilda—. Pero usted tuvo que ir a la escuela.

—Por supuesto —dijo la señorita Honey—. Fui a la misma escuela a la que tú vas ahora. Pero vivía en casa —hizo una pausa y contempló su taza vacía—. Creo que lo que estaba intentando explicarte es que, con el transcurso de los años, me volví tan cobarde y me encontraba tan dominada por ese monstruo de tía, que cuando me mandaba algo, fuera lo que fuera, la obedecía inmediatamente. Esas cosas suceden. Cuando tenía diez años ya era su esclava. Hacía todo el trabajo de casa. Hacía su cama. Lavaba y planchaba para ella. Cocinaba para ella. Aprendí a hacer de todo.

—Pero probablemente podría haberse quejado con *alguien*, ¿no? —dijo Matilda.

—¿Con quién? —dijo la señorita Honey— Y, de todas formas, estaba demasiado aterrorizada para quejarme. Ya te he dicho que era su esclava.

—¿Le pegaba?

—No entremos en detalles —rogó la señorita Honey.

—¡Qué horrible! —exclamó Matilda—. Se pasaría llorando todo el tiempo, ¿no?

—Sólo cuando estaba sola —dijo la señorita Honey—. No me permitía llorar delante de ella. Pero vivía aterrorizada.

—¿Qué sucedió cuando terminó la escuela? —preguntó Matilda.

—Yo era una buena alumna —dijo la señorita Honey—. Podría haber ido fácilmente a la universidad. Pero no hubo forma.

—¿Por qué no, señorita Honey?

—Porque me necesitaba para realizar el trabajo doméstico.

—¿Cómo se hizo maestra, entonces? —preguntó Matilda.

—Hay una escuela de profesorado a sólo cuarenta minutos de aquí en autobús —dijo la señorita Honey—. Me permitió ir allí, a condición de que regresara a casa inmediatamente, a primera hora de la tarde, para lavar y planchar, hacer la casa y preparar la cena.

—¿Qué edad tenía usted entonces? —preguntó Matilda.

—Cuando fui a la escuela de profesorado tenía dieciocho —respondió la señorita Honey.

—Podía haber recogido sus cosas y haberse marchado —dijo Matilda.

—No podía hasta que consiguiera un trabajo —explicó la señorita Honey—. No olvides que por entonces yo estaba dominada por mi tía de tal forma que no me hubiera atrevido. No puedes imaginarte lo que es estar controlada así por una persona con un carácter muy fuerte. Te deja hecha papilla. Así es. Ésa es la triste historia de mi vida. Ya he contado suficiente.

—No se detenga, por favor —rogó Matilda—. Aún no ha terminado. ¿Cómo se las arregló para acabar alejándose de ella y venirse a vivir a esta casita tan extraña?

—Ah, eso fue algo importante —dijo la señorita Honey—. Me sentí orgullosa de ello.

—Cuénteme —pidió Matilda.

—Bien —dijo la señorita Honey—, cuando conseguí trabajo como profesora, mi tía me dijo que le debía una gran cantidad de dinero. Le pregunté por qué. Ella me dijo que "porque te he estado dando de comer todos estos años y comprándote ropa y calzado". Me dijo que ascendía a varios miles y que tenía que devolvérselo entregándole mi salario durante los siguientes diez años. "Te daré una libra a la semana para tus gastos", dijo. "Pero eso es todo lo que vas a conseguir". Incluso arregló las cosas con las autoridades de la escuela para que depositaran mi salario directamente en su banco. Me hizo firmar el documento.

—No debería haberlo hecho —dijo Matilda—. Su salario era su oportunidad de libertad.

—Lo sé, lo sé —dijo la señorita Honey—. Pero, para entonces, yo había sido su esclava durante casi toda mi vida y no tenía el valor o las agallas de decir no. Aún estaba aterrorizada y podía hacerme mucho daño.

—¿Y cómo se las arregló para escapar? —preguntó Matilda.

—¡Ah! —exclamó la señorita Honey, sonriendo por primera vez—. Eso fue hace dos años. Fue mi mayor triunfo.

—Cuénteme, por favor —dijo Matilda.

—Yo solía levantarme muy temprano y salía a dar un paseo mientras mi tía aún estaba durmiendo —dijo la señorita Honey—. Un día llegué a esta casita. Estaba vacía. Averigüé quién era el propietario. Se trataba de un granjero. Fui a verlo. Los granjeros también se levantan muy temprano. Estaba ordeñando sus vacas. Le pregunté si podría alquilarme esta casita. "Usted no puede vivir allí", dijo. "No reúne condiciones ni agua potable, ni nada".

"Quiero vivir allí", dije. "Soy una romántica. Me he enamorado de ella. Alquílemela, por favor".

"Usted está loca", dijo. "Pero si insiste, sea bienvenida a ella. La renta será de diez peniques a la semana".

"Aquí tiene el alquiler de un mes, por adelantado", dije, dándole cuarenta peniques. "Y muchas gracias".

—¡Qué estupendo! —exclamó Matilda—. ¡Así que, de pronto, tenía una casa para usted! Pero ¿cómo tuvo el valor suficiente para decírselo a su tía?

—Fue duro —dijo la señorita Honey—, pero me mentalicé para hacerlo. Una noche, después de que hube preparado su cena, subí al piso superior, guardé las pocas cosas que poseía en una caja de cartón, bajé y le comuniqué que me iba. "He alquilado una casa", dije. Mi tía se enfureció. "¡Alquilar una casa", gritó. "¿Cómo puedes alquilar una casa cuando todo lo que tienes es una libra a la semana?".

"Lo he hecho", dije.

"¿Y cómo vas a comprar comida?"

"Ya me las arreglaré", murmuré y me fui.

—¡Bien hecho! —exclamó Matilda—. ¡Al fin era libre!

—Al fin fui libre —dijo la señorita Honey—. No puedo explicarte lo maravilloso que resultó.

—Pero ¿realmente se las ha arreglado para vivir aquí con una libra a la semana durante dos años?

—Claro que sí —dijo la señorita Honey—. Pago diez peniques de alquiler y con el resto me alcanza para comprar petróleo para el hornillo y un poco de leche y té, pan y margarina. Eso es todo lo que de verdad necesito. Como ya te he dicho, me doy una buena comilona en el almuerzo en la escuela.

Matilda la miró. ¡Qué cosa tan valiente había hecho la señorita Honey! De pronto, se convirtió en una heroína para ella.

—¿No es esto terriblemente frío en invierno? —preguntó.

—Tengo mi hornillo de petróleo —dijo la señorita Honey—. Te sorprendería ver lo calientito que se está aquí dentro.

—¿Tiene usted cama, señorita Honey?

—No exactamente —dijo la señorita Honey, volviendo a sonreír—, pero dicen que es muy sano dormir sobre una superficie dura.

Matilda se hizo cargo de la situación con absoluta claridad. La señorita Honey necesitaba ayuda. No era posible que pudiera seguir viviendo así indefinidamente.

—Le iría mucho mejor —dijo— dejar su trabajo y acogerse al subsidio de paro.

—Yo no haría eso nunca —dijo la señorita Honey—. Me encanta enseñar.

—Me figuro que esa horrible tía suya seguirá viviendo todavía en su antigua casa —dijo Matilda.

—Desde luego —asintió la señorita Honey—. Sólo tiene unos cincuenta años. Seguirá allí durante mucho tiempo.

—¿Cree usted que su padre deseaba realmente que ella se quedara la casa para siempre?

—Estoy segura de que no —dijo la señorita Honey—. Los padres suelen ceder a su tutor el derecho a ocupar la casa durante un cierto tiempo, pero casi siempre la dejan en depósito para el hijo. Luego, cuando el hijo se hace mayor, la propiedad es suya.

—Entonces, seguramente, es propiedad de usted.

—El testamento de mi padre nunca apareció —dijo la señorita Honey—. Parece como si alguien lo hubiera destruido.

—No hay que romperse la cabeza para adivinar quién fue —dijo Matilda.

—Desde luego que no —dijo la señorita Honey.

—Pero si no hay testamento, la casa es automáticamente suya. Usted es el pariente más cercano.

—Lo sé —dijo la señorita Honey—, pero mi tía presentó un documento, supuestamente escrito por mi padre, en el que se decía que le dejaba la casa a su cuñada por sus desvelos al ocuparse de mí. Estoy segura de que era un documento falso. Pero nadie puede probarlo.

—¿No podría intentarlo? —preguntó Matilda—. ¿No podría contratar un buen abogado y tratar de impugnarlo?

—Carezco de dinero para ello —dijo la señorita Honey—. Y debes tener presente que esa tía mía es una persona muy respetada en la comunidad. Tiene mucha influencia.

—¿Quién es ella? —preguntó Matilda.

La señorita Honey dudó un momento. Luego respondió en voz baja:

—La señorita Trunchbull.

Los nombres

—¡La señorita Trunchbull! —exclamó Matilda, dando un brinco de casi un metro—. ¿Quiere decir que *ella* es su tía? ¿Que fue *ella* la que la crió?

—Sí —dijo la señorita Honey.

—¡*No* me extraña que estuviera aterrorizada! —exclamó Matilda—. El otro día la vimos agarrar a una niña por las coletas y lanzarla por encima de la valla del campo de deportes.

—No han visto nada —dijo la señorita Honey—. Al morir mi padre, cuando yo tenía cinco años y medio, me obligaba a bañarme sola. Y si entraba y le parecía que no me había bañado bien, me metía la cabeza en el agua y la tenía así un rato. Pero no quiero hablar de lo que me hacía. Eso no va a servir de nada.

—No —dijo Matilda—. De nada.

—Vinimos aquí —dijo la señorita Honey— para hablar de *ti* y no hemos hecho otra cosa que hablar de mí todo el tiempo. Me siento avergonzada. Me interesa mucho más lo que puedes hacer con esos asombrosos ojos tuyos.

—Puedo mover cosas —dijo Matilda—. Sé que puedo. Y volcar objetos.

—¿Te gustaría —preguntó la señorita Honey— que hiciéramos unos experimentos, con toda prudencia, para comprobar qué es lo que puedes mover y volcar?

Matilda respondió, sorprendentemente:

—Si no le importa, señorita Honey, creo que sería mejor que no. Ahora desearía irme a casa y pensar en todo lo que he escuchado esta tarde.

La señorita Honey se puso al instante de pie.

—Claro —dijo—. Te he retenido aquí demasiado tiempo. Tu madre estará preocupada por ti.

—¡Oh, no, no se preocupa nunca! —exclamó Matilda, sonriendo—. Pero me gustaría irme a casa ahora, por favor, si no tiene inconveniente.

—Vete, entonces —dijo la señorita Honey—. Siento haberte ofrecido una merienda tan pobre.

—Nada de eso —dijo Matilda—. Me ha encantado.

Las dos recorrieron el trayecto hasta la casa de Matilda en completo silencio. La señorita Honey percibió que Matilda lo prefería así. La niña parecía tan sumida en sus propios pensamientos que apenas veía por dónde pisaba. Cuando llegaron ante la puerta de la casa de Matilda, dijo la señorita Honey:

—Harías bien en olvidar todo lo que te he dicho esta tarde.

—No le voy a prometer eso —dijo Matilda—, pero sí que no hablaré de ello con nadie, ni siquiera con usted.

—Creo que eso sería lo más sensato —aprobó la señorita Honey.

—Sin embargo, no le prometo que vaya a dejar de pensar en ello, señorita Honey —dijo Matilda—. He estado meditando en ello durante todo el camino desde su casa y se me ha ocurrido una idea.

—No deberías hacer nada —dijo la señorita Honey—. Olvídalo, por favor.

—Me gustaría hacerle tres últimas preguntas antes de dejar de hablar de ello —dijo Matilda—. ¿Las va a contestar, señorita Honey?

La profesora sonrió. Era extraordinario, pensó, cómo se hacía cargo de sus problemas aquella mocosa y, además, con qué autoridad.

—Bien —dijo—, eso depende de las preguntas.

—La primera es ésta —dijo Matilda—: ¿cómo llamaba la señorita Trunchbull a *su padre*?

—Estoy segura de que le llamaba Magnus —dijo la señorita Honey—. Ése era su nombre de pila.

—¿Y cómo llamaba su padre a la señorita Trunchbull?

—Se llama Agatha. Supongo que la llamaría así.

—Y por último —dijo Matilda—, ¿cómo la llamaban a usted su padre y la señorita Trunchbull?

—Jenny —dijo la señorita Honey.

Matilda sopesó cuidadosamente las respuestas.

—Deje que me asegure de que los he aprendido bien —dijo—. En su casa, su padre era Magnus, la señorita Trunchbull era Agatha; y usted, Jenny. ¿Estoy en lo cierto?

—Sí, así es —afirmó la señorita Honey.

—Gracias —dijo Matilda—. Y ahora, ya no hablaré más del tema.

La señorita Honey se preguntó qué demonios estaría pasando por la mente de la niña.

—No hagas ninguna tontería —dijo.

Matilda se rio, se volvió y se alejó corriendo por el camino que llevaba a la puerta principal, desde donde gritó:

—¡Adiós, señorita Honey! ¡Muchas gracias por la merienda!

La práctica

Matilda encontró la casa vacía, como de costumbre. Su padre no había regresado del trabajo, su madre no había vuelto del bingo y su hermano andaría por cualquier parte. Fue directo a la sala y abrió el cajón del aparador donde sabía que su padre guardaba una caja de puros. Cogió uno, se dirigió a su dormitorio y se encerró en él.

"Ahora a practicar", se dijo a sí misma. "Va a ser duro, pero estoy decidida a hacerlo".

Su plan para ayudar a la señorita Honey comenzaba a perfilarse perfectamente en su mente. Lo tenía planeado en casi todos sus detalles, pero todo dependía de que ella fuera capaz de hacer una cosa muy especial con el poder de sus ojos. Sabía que no podría lograrlo sin más, pero confiaba en que con mucha práctica y esfuerzo, acabaría teniendo éxito. El puro era esencial. Era, quizá, un poco más grueso de lo que hubiera deseado, pero el peso era exacto. Sería estupendo para practicar.

En el tocador del dormitorio de Matilda había un cepillo para el pelo, un peine y dos libros de la biblioteca. Apartó aquellos objetos y depositó el puro en el centro. A continuación, se alejó y se sentó en el borde de la cama. Estaba a algo más de tres metros del puro.

Se serenó y empezó a concentrarse y, esta vez, sintió enseguida el efecto eléctrico que fluía dentro de su cabeza y se acumulaba detrás de sus ojos. Éstos se calentaban y comenzaban a salir de ellos millones de diminutas e invisibles manos como chispas, dirigiéndose hacia el puro. "Muévete", murmuró, y, con gran sorpresa, el puro con su vitola de color rojo y oro empezó a rodar casi al instante por la parte superior del tocador y cayó a la alfombra.

Matilda disfrutó con el ensayo. Era fantástico poder hacer aquello. Era como si dentro de su cabeza empezaran las chispas a dar vueltas y más vueltas, hasta que salían por sus ojos. Le producía una sensación de poder casi etéreo. ¡Qué rápido había sido esta vez! ¡Qué sencillo!

Atravesó el dormitorio, recogió el puro y lo volvió a colocar sobre el aparador.

"Ahora más difícil", se dijo. "Porque si tengo el poder de *empujar*, seguramente tendré también el de *levantar*. Es vital que aprenda a levantarlo. *Tengo* que apren-

der a levantarlo en el aire y mantenerlo allí. Un puro no es un objeto muy pesado".

Se sentó en el borde de la cama y comenzó de nuevo. Le resultó fácil concentrar el poder detrás de sus ojos. Era como apretar un gatillo en el cerebro.

—¡Levántate! —susurró—. ¡Levántate! ¡Levántate!

Al principio, el puro comenzó a rodar pero, luego, cuando Matilda se concentró con gran esfuerzo, empezó a elevarse lentamente uno de sus extremos, cosa de un par de centímetros. Pudo mantenerlo así, haciendo un esfuerzo colosal. Luego volvió a caer de nuevo.

—¡Uy! —exclamó jadeando—. ¡Lo voy consiguiendo! ¡Estoy empezando a hacerlo!

Matilda siguió practicando durante una hora y, al final, pudo conseguir, con el poder de sus ojos, elevar

el puro unos quince centímetros del aparador y mantenerlo así durante un minuto. Al acabar, se sintió de pronto tan extenuada que se dejó caer en la cama y se quedó dormida.

Así fue como la encontró más tarde su madre.

—¿Qué te pasa? —preguntó su madre, despertándola—. ¿Estás enferma?

—¡Oh, cielos! —exclamó Matilda, incorporándose y mirando a su alrededor—. No. Estoy muy bien. Estaba un poco cansada, eso es todo.

A partir de entonces, todos los días, después de la escuela, Matilda se encerraba en su habitación y practicaba con el puro. Y muy pronto, lo consiguió de la forma más maravillosa. Seis días después, un miércoles por la tarde, ya era capaz no sólo de elevar el puro en el aire, sino también de hacer que se desplazara de lugar, exactamente como ella quería. Era magnífico.

—¡Puedo hacerlo! —exclamó—. ¡Puedo hacerlo de verdad! ¡Puedo elevar el puro sólo con el poder de mis ojos y empujarlo y moverlo en el aire como yo quiera!

Sólo le restaba ahora poner en marcha su gran plan.

El tercer milagro

Al día siguiente era jueves y, como todos los alumnos de la señorita Honey sabían, ese día la directora se hacía cargo de la primera clase que había después del almuerzo.

Por la mañana, la señorita Honey les había dicho:

—Uno o dos de ustedes no la pasaron precisamente muy bien la última vez que dirigió la clase la directora, así que procuremos todos ser especialmente cuidadosos y sensatos hoy. ¿Cómo están tus orejas tras el último encuentro con la señorita Trunchbull, Eric?

—Me las ha agrandado —dijo Eric—. Mi madre dice que está segura de que son más grandes que antes.

—Y tú, Rupert —prosiguió la señorita Honey—. Me alegra ver que no perdiste nada de pelo después del jueves pasado.

—La cabeza me dolió terriblemente luego —dijo Rupert.

—Y tú, Nigel —dijo la señorita Honey—, ¿quieres hacer el favor de no ser hoy un sabelotodo con la directora? Realmente, la semana pasada te pasaste un poco con ella.

—La odio —dijo Nigel.

—Procura que no se te note tanto —le aconsejó la señorita Honey—. No sirve para nada. Ella es una mujer muy fuerte. Sus músculos son como cables de acero.

—Me gustaría ser mayor para ajustarle las cuentas.

—Dudo que pudieras —dijo la señorita Honey—. Hasta ahora nadie ha podido con ella.

—¿De qué nos va a examinar esta tarde? —preguntó una niña pequeña.

—Con toda probabilidad de la tabla de multiplicar del tres —respondió la señorita Honey—. Eso es lo que se supone que han aprendido esta semana, así que procuren saberla.

Llegó y pasó la hora del almuerzo.

Después de él, se reunió la clase. La señorita Honey permanecía de pie, a un lado. Los alumnos estaban sentados en silencio, inquietos y expectantes. En ese momento, entró la señorita Trunchbull en la clase como una tromba, con sus pantalones verdes y el guardapolvo de algodón. Se fue directo a su jarra de agua, la levantó asiéndola por el asa y miró dentro.

—Me alegra comprobar que esta vez no hay animales viscosos en mi agua. En caso contrario, algo excepcionalmente desagradable les hubiera ocurrido a todos y cada uno de los componentes de esta clase. Y eso la incluye a usted, señorita Honey.

La clase permaneció tensa y en silencio. Para entonces ya habían aprendido un poco de aquella tigresa y nadie quería correr el menor riesgo.

—Está bien —tronó la Trunchbull—. Vamos a ver cómo han aprendido la tabla del tres o, por decirlo de otra manera, lo mal que se las ha enseñado la señorita Honey.

La señorita Trunchbull estaba de pie, frente a la clase, con las piernas separadas y las manos en las caderas, mirando con el ceño fruncido a la señorita Honey, quien permanecía en silencio a un lado.

Matilda, inmóvil en su pupitre de la segunda fila, miraba atentamente.

—¡Tú! —gritó la Trunchbull, señalando con un dedo del tamaño de un rodillo de cocina a un niño llamado Wilfred. Éste se encontraba sentado en el extremo de la derecha de la primera fila.

Wilfred se puso de pie.

—Recita la tabla del tres, pero al revés, empezando por el final —dijo con voz tonante la señorita Trunchbull.

—¿Al revés? —tartamudeó Wilfred—. Pero así no la hemos aprendido.

—¡Eso es! —gritó triunfalmente la Trunchbull—. ¡No les ha enseñado nada! Señorita Honey, ¿por qué no les ha enseñado absolutamente nada la última semana?

—Eso no es cierto, señora directora —dijo la señorita Honey—. Han aprendido la tabla del tres, pero no veo ninguna razón para que la aprendan al revés. No tiene ningún sentido enseñar algo al revés. Aseguraría que ni usted, por ejemplo, sería capaz de deletrear al revés una palabra tan sencilla como "erróneo" de corrido. Lo dudo mucho.

—¡No sea impertinente, señorita Honey! —gritó la señorita Trunchbull, que se volvió al infortunado Wilfred—. Muy bien, chico —dijo—. Contéstame esto. Si tengo siete manzanas, siete naranjas y siete plátanos, ¿cuántas piezas de fruta tengo en total? ¡Date prisa! ¡Vamos! ¡Dame la respuesta!

—¡Eso es una suma! —exclamó Wilfred—. ¡No es la tabla del tres!

—¡Tonto de capirote! —gritó la Trunchbull—. ¡Flemón purulento! ¡Hongo venenoso! ¡Eso es la tabla de multiplicar del tres! ¡Tienes tres grupos distintos de frutas y cada grupo tiene siete piezas! ¡Tres por siete son veintiuno! ¿No lo entiendes, pedazo de alcornoque? Te daré otra oportunidad. Si tengo ocho melones de invierno, ocho melones de verano y ocho melones como tú, ¿cuántos melones tengo en total? ¡Vamos! ¡Contéstame enseguida!

El pobre Wilfred estaba totalmente confundido.

—¡Espere! —exclamó—. ¡Espere un momento! Tengo que sumar ocho melones de invierno y ocho de verano… —empezó a contar con los dedos.

—¡Ampolla reventada! —gritó la Trunchbull—. ¡Gusano asqueroso! ¡Eso no es una suma! ¡Es una multiplicación! ¡La respuesta es tres por ocho! ¿O es ocho por tres? ¿Qué diferencia hay entre tres por ocho y ocho por tres? ¡Dímela, pedazo de inmundicia, y cuidado con lo que dices!

Wilfred estaba ya demasiado asustado y aturdido para poder hablar.

La Trunchbull se plantó en dos zancadas a su lado y, mediante un sorprendente truco gimnástico o, quizá, con una llave de judo o karate, golpeó por detrás las pier-

nas de Wilfred con uno de sus pies, de tal forma que el
niño salió disparado del suelo y dio un salto mortal en
el aire. A medio camino del salto mortal, ella lo agarró
por un tobillo y le mantuvo sujeto cabeza abajo, como
un pollo desplumado en el escaparate de una tienda.

—¡Ocho por tres —gritó la Trunchbull, balancean-
do a Wilfred de un lado a otro, sujeto por el tobillo— es
lo mismo que tres por ocho y es igual a veinticuatro!
¡Repítelo!

En ese preciso momento, Nigel, que estaba sentado al otro lado de la habitación, dio un brinco y seña-
ló nervioso en dirección a la pizarra, chillando:

—¡El gis! ¡El gis! ¡Miren el gis! ¡Se mueve solo!

Tan histérica y penetrante fue la exclamación de
Nigel, que todos los que estaban allí, incluso la señorita
Trunchbull, miraron el pizarrón. Allí, sin que cupiera la
menor duda al respecto, se movía un trozo de gis nuevo,
cerca de la superficie negra grisácea del pizarrón.

—¡Está escribiendo algo! —gritó Nigel—. ¡El
gis está escribiendo algo!

Y ciertamente era así.

—¿Qué demonios significa esto? —gritó la Trunchbull. Se había sobresaltado al ver que una mano invisible
había escrito su nombre de pila. Dejó caer a Wilfred al
suelo. Luego gritó, sin dirigirse a nadie en particular:

—¿Quién está *haciendo* eso? ¿Quién lo está *escribiendo*?

El gis continuaba escribiendo.

Todos los presentes escucharon el grito ahogado
que salió de la garganta de la Trunchbull.

—¡No! —gritó—. ¡No puede ser! ¡No puede ser
Magnus!

La señorita Honey, situada a un lado de la clase,
miró rápidamente a Matilda. La niña estaba muy dere-

cha en su pupitre, la cabeza erguida, la boca apretada y los ojos brillantes como dos estrellas.

Agatha, devuélvele
a Jenny su casa!

Por alguna razón, todos miraban ahora a la Trunchbull. El rostro de la mujer se había tornado blanco como la nieve y abría y cerraba la boca como un pez fuera del agua, profiriendo sonidos entrecortados.

Devuélvele a Jenny sus salarios.

Devuélvele a Jenny su casa.

Luego vete de aquí.

Si no lo haces, vendré y me
ocuparé de ti, como tú
hiciste conmigo.

Te estoy vigilando,
Agatha —.

El gis dejó de escribir. Se balanceó durante unos instantes y luego de repente cayó al suelo con un tintineo y se partió en dos.

Wilfred, que había vuelto a ocupar su sitio en la primera fila, gritó:

—¡Se ha caído la señorita Trunchbull! ¡Está en el suelo!

Ésa era una noticia sensacional y la clase entera saltó de sus asientos y se acercó a contemplar el espectáculo. El enorme corpachón de la directora estaba caído cuan largo era, fuera de combate.

La señorita Honey se acercó enseguida y se arrodilló junto a ella.

—¡Se ha desmayado! —exclamó—. ¡Está sin conocimiento! ¡Que alguien vaya inmediatamente a buscar a la enfermera!

Tres niños salieron corriendo de la habitación.

Nigel, siempre dispuesto a entrar en acción, dio un brinco y tomó la jarra de agua.

—Mi padre dice que el agua fría es lo mejor para reanimar a una persona que se ha desmayado —dijo y, sin más, volcó el contenido de la jarra sobre la cabeza de la Trunchbull. Nadie protestó, ni siquiera la señorita Honey.

Matilda seguía sentada inmóvil en su pupitre. Se sentía extrañamente exultante. Experimentaba la sensación de haber conseguido algo que no era de este mundo, el punto más alto del cielo, la estrella más lejana. Había notado más maravillosamente que otras veces la fuerza que se concentraba detrás de sus ojos, que corría como un fluido caliente por el interior de su cráneo. Sus ojos se habían vuelto abrasadoramente ardientes y habían empezado a surgir cosas de las cuencas de sus ojos y, entonces, el gis se había levantado solo y había empezado a escribir. Tan sencillo había sido, que parecía como si ella no hubiera hecho nada.

En ese momento entró precipitadamente en la clase la enfermera de la escuela, seguida de cinco profesores, tres mujeres y dos hombres.

—¡Caramba, al fin alguien ha podido vencerla! —exclamó uno de los hombres, sonriendo—. ¡Enhorabuena, señorita Honey!

—¿Quién le ha echado agua? —preguntó la enfermera.

—Fui yo —dijo Nigel, orgullosamente.

—¡Bien hecho! —exclamó otro de los profesores—. ¿Traemos más?

—Deje eso —dijo la enfermera—. Tenemos que trasladarla a la enfermería.

Hicieron falta los cinco profesores y la enfermera para levantar a la gigantesca mujer y salir tambaleándose con ella de la clase.

La señorita Honey dijo a los alumnos:

—Creo que será mejor que se vayan al patio y que pasen el rato hasta la próxima clase.

A continuación se volvió, se dirigió al pizarrón y borró cuidadosamente todo lo escrito con gis. Los ni-

ños comenzaron a salir del aula. Matilda inició la salida con ellos, pero al pasar junto a la señorita Honey se detuvo y sus ojos centelleantes se encontraron con los de la profesora, que se acercó y le dio a la niña un fuerte abrazo y un beso.

Un nuevo hogar

Ese mismo día, más tarde, comenzaron a circular noticias de que la directora se había recobrado de su desmayo y que se había marchado de la escuela con los labios apretados y el rostro blanco.

A la mañana siguiente no fue a la escuela. A la hora del almuerzo, el director suplente, el señor Trilby, llamó por teléfono a su casa para saber si se encontraba mal. Nadie contestó al teléfono.

Cuando terminaron las clases, el señor Trilby decidió indagar y se encaminó a la casa de las afueras en donde vivía la señorita Trunchbull, una casa preciosa, de estilo georgiano, de ladrillo rojo, conocida como La Casa Roja, situada en el bosque, detrás de las colinas.

Llamó al timbre y no hubo respuesta.

Aporreó con todas sus fuerzas la puerta y no hubo respuesta.

Gritó "¿Hay alguien en casa?", pero no hubo respuesta.

Intentó abrir la puerta y comprobó sorprendido que se hallaba abierta. Entró.

La casa estaba silenciosa y no había nadie en ella; sin embargo, todos los muebles se encontraban en su sitio. El señor Trilby fue al piso superior y se dirigió al dormitorio principal. Allí también parecía estar todo normal, hasta que abrió cajones y armarios. No había vestidos, ropa interior ni zapatos. Habían desaparecido.

"Se ha marchado", se dijo el señor Trilby, y se dirigió a informar a los administradores de la escuela de que, aparentemente, la directora se había esfumado.

El segundo día por la mañana, la señorita Honey recibió una carta certificada de la oficina de un notario local informándole que había aparecido, repentina y misteriosamente, el testamento de su padre. El documento revelaba que, desde la muerte de éste, la señorita Honey era, de hecho, la legítima propietaria de una casa situada en las afueras del pueblo, conocida como La Casa Roja, que, hasta ahora, había ocupado una tal señorita Agatha Trunchbull. El testamento indicaba también que le dejaba a ella los ahorros de toda su vida que, afortunadamente, seguían a salvo en el banco. Añadía el notario en su carta que si la señorita Honey se dignaba ir por su oficina lo antes posible, la propiedad y el dinero serían transferidos de inmediato a su nombre.

Así lo hizo la señorita Honey, y al cabo de un par de semanas se trasladó a La Casa Roja, el mismo lugar donde se había criado y donde, felizmente, permanecían los muebles y cuadros familiares. A partir de entonces, Matilda se convirtió en una visitante asidua. Iba allí todas las tardes, cuando salía de la escuela, y entre la profesora y la niña comenzó a establecerse una estrecha amistad.

Mientras tanto, en la escuela se estaban produciendo también grandes cambios. Tan pronto como desapareció de escena la señorita Trunchbull, se nombró director, en sustitución suya, al excelente señor Trilby. Poco después, a Matilda la trasladaron al curso superior, donde la señorita Plimsoll no tardó en comprobar que aquella sorprendente chiquilla era tan brillante como había dicho la señorita Honey.

Una tarde, unas semanas después, Matilda estaba merendando con la señorita Honey en la cocina de La

Casa Roja, como hacía siempre después de clase, cuando dijo de repente:

—Me ha sucedido una cosa muy extraña, señorita Honey.

—Cuéntamelo —dijo la señorita Honey.

—Esta mañana —dijo Matilda— y, sólo por distraerme, intenté mover algo con los ojos y no pude. No se movió nada. Ni siquiera sentí el calor en los ojos. Ha desaparecido el poder que tenía. Creo que lo he perdido del todo.

La señorita Honey untó parsimoniosamente de mantequilla una rebanada de pan moreno y luego extendió sobre ella un poco de mermelada de fresa.

—Pensé que sucedería algo así —dijo.

—¿Sí? ¿Por qué? —preguntó Matilda.

—Bueno —dijo la señorita Honey—, es sólo una suposición, pero he aquí lo que pienso. Mientras estabas en mi clase no tenías nada que hacer, no tenías que esforzarte por nada. Era una frustración para tu asombroso cerebro. En él había almacenada una enorme cantidad de energía sin utilizar que, de una forma u otra, tuviste la facultad de proyectar a través de tus ojos y hacer que los objetos se movieran. Pero ahora las cosas son diferentes. Estás en la clase superior, compitiendo con niños que te doblan la edad, y empleas toda tu energía mental en clase. Por vez primera, tu cerebro tiene que luchar y esforzarse y estar de verdad ocupado, lo que es estupendo. Pero esto no es más que una suposición, puede que estúpida, pero no creo que se aleje mucho de la realidad.

—Estoy contenta de que haya terminado —dijo Matilda—. No me gustaría ir por ahí toda la vida haciendo milagros.

—Ya has hecho bastante —dijo la señorita Honey—. Apenas puedo creer todo lo que has hecho por mí.

Matilda, quien estaba sentada en un alto taburete de la mesa de la cocina, se comió su pan con mermelada lentamente. Le encantaban esas tardes con la señorita Honey. Se sentía muy a gusto en su presencia y las dos se hablaban más o menos como iguales.

—¿Sabía usted —preguntó Matilda repentinamente— que el corazón de un ratón late a un ritmo de seiscientas cincuenta veces por segundo?

—No lo sabía —dijo la señorita Honey sonriendo—. ¿Dónde lo has leído?

—En un libro de la biblioteca —respondió Matilda—. Eso quiere decir que late tan rápido que ni siquiera se pueden diferenciar los latidos. Debe sonar como un zumbido.

—Así debe de ser —dijo la señorita Honey.

—¿A qué ritmo cree usted que late el corazón de un erizo?

—Dímelo —pidió la señorita Honey, volviendo a sonreír.

—No tan rápido como el de un ratón —dijo Matilda—. Trescientas veces por minuto. Pero, aun así, nadie hubiera pensado que latiera tan rápidamente tratándose de un animal que se mueve tan despacio, ¿no, señorita Honey?

—Yo, desde luego, no —respondió la señorita Honey—. Dime alguno más.

—El caballo —dijo Matilda—. Ése va realmente despacio. Sólo cuarenta veces por minuto.

"Esta niña —pensó la señorita Honey— parece interesarse por todo. Es imposible aburrirse a su lado. Me encanta".

Las dos siguieron hablando durante una hora, más o menos, y a eso de las seis se despidió Matilda y se fue andando a su casa, en lo que tardaba unos ocho minutos. Cuando llegó, vio un gran Mercedes negro estacionado a la puerta. No le prestó demasiada atención. Era frecuente ver coches extraños estacionados ante la puerta de su casa. Cuando entró en la casa se encontró con un auténtico caos. Sus padres estaban en el vestíbulo, guardando frenéticamente ropas y diversos objetos en maletas.

—¿Qué sucede? —preguntó—. ¿Qué pasa, papi?

—Nos largamos —dijo el señor Wormwood sin levantar la vista—. Nos vamos al aeropuerto dentro de media hora, así que ya puedes ir empacando tus cosas. ¡Vamos, chica! ¡Date prisa!

—¿Que nos vamos? —exclamó Matilda—. ¿Adónde?

—A España —dijo el padre—. El clima es mejor que en este piojoso país.

—¡A España! —gritó Matilda—. ¡Yo no quiero ir a España! ¡Me gusta vivir aquí y me gusta mi escuela!

—¡Limítate a hacer lo que te digo y deja de discutir! —rugió el padre—. ¡Bastantes problemas tengo sin contar contigo!

—Pero papi… —comenzó a decir Matilda.

—¡Cierra el pico! —gritó el padre—. ¡Nos vamos dentro de treinta minutos! ¡No voy a perder ese avión!

—¿Por cuánto tiempo nos vamos, papi? —preguntó Matilda—. ¿Cuándo volveremos?

—No vamos a volver —respondió el padre—. ¡Ahora, lárgate! ¡Estoy ocupado!

Matilda se dio la vuelta y salió por la puerta principal, que estaba abierta. Tan pronto como estuvo en la calle echó a correr. Se dirigió a la casa de la señorita Honey, a la que llegó en apenas cuatro minutos. Subió corriendo el sendero que conducía a ella y vio a la profesora en el jardín delantero, en medio de un macizo de rosas, con unas tijeras de podar. La señorita Honey había oído el ruido de las rápidas pisadas de Matilda sobre la gravilla y se incorporó y salió del macizo en el momento en que llegaba la niña corriendo.

—¡Dios mío! —exclamó—. ¿Qué pasa?

Matilda se detuvo frente a ella, sin aliento y con el rostro rojo:

—¡Se van! —exclamó—. ¡Se han vuelto todos locos y están haciendo las maletas para irse a España dentro de treinta minutos!

—¿Quiénes? —preguntó tranquilamente la señorita Honey.

—Mamá y papá y mi hermano Mike, y dicen que tengo que irme con ellos.

—¿De vacaciones?

—¡Para siempre! —exclamó desolada Matilda—. ¡Papá dice que no vamos a volver nunca!

Hubo un breve silencio y luego dijo la señorita Honey:

—La verdad es que no me sorprende mucho.

—¿Quiere decir que usted *sabía* que se iban? —exclamó Matilda—. ¿Por qué no me lo dijo?

—No, querida —dijo la señorita Honey—. No sabía que se iban a marchar. Pero la noticia no me sorprende.

—¿Por qué? —preguntó Matilda—. Dígame por qué, por favor —aún jadeaba por la carrera y por el sobresalto que le había producido todo aquello.

—Porque tu padre —dijo la señorita Honey— está relacionado con una banda de ladrones. En el pueblo lo sabe todo el mundo. Creo que es el destinatario de coches robados en todo el país. Está metido hasta el cuello.

Matilda se le quedó mirando con la boca abierta.

—Llevaban coches robados al taller de tu padre —prosiguió la señorita Honey—, donde él cambiaba las matrículas, los pintaba de otro color y cosas por el estilo. Probablemente le habrán dado el soplo de que la policía iba tras él y hace lo que todos: marcharse a España, donde no pueden arrestarlo. Habrá estado mandando fuera su dinero durante años, para cuando llegara este momento.

Se encontraban en el césped de la parte delantera de la bonita casa de ladrillo rojo con sus patinadas tejas rojas y sus altas chimeneas, y la señorita Honey aún tenía en la mano las tijeras de podar. Hacía una tarde excelente y por allí cerca cantaba un mirlo.

—¡Yo no quiero ir con ellos! —gritó Matilda—. ¡No me iré!

—Me temo que tendrás que hacerlo —dijo la señorita Honey.

—¡Quiero vivir aquí con usted! —exclamó Matilda—. ¡Por favor, déjeme vivir con usted!

—Me gustaría que pudieras —dijo la señorita Honey—, pero creo que no es posible. No puedes dejar a tus padres sólo porque quieres. Tienen derecho a llevarte con ellos.

—¿Y si ellos accedieran? —preguntó Matilda ansiosamente—. ¿Podría quedarme con usted si dijeran que sí? ¿Permitiría que me quedara aquí con usted?

—Sí, sería maravilloso —dijo la señorita Honey, dulcemente.

—¡Creo que accederán! —exclamó Matilda—. ¡Creo que sí! ¡La verdad es que no les importo nada!

—Calma, calma —dijo la señorita Honey.

—¡Tenemos que ir enseguida! —exclamó Matilda—. ¡Se van a marchar de un momento a otro! ¡Vamos! —gritó, tomando de la mano a la señorita Honey—. ¡Por favor, venga conmigo y dígaselo! ¡Tenemos que apresurarnos! ¡Tenemos que correr!

Un instante después, las dos se dirigían corriendo por el sendero de entrada hacia la calle. Matilda iba delante, tirando de la señorita Honey, y fueron corriendo desenfrenadamente por el campo y por el pueblo hasta la casa de los padres de Matilda. El gran Mercedes negro estaba aún en la puerta y la cajuela y las puertas estaban abiertas, mientras los señores Wormwood y el chico se movían apresuradamente de un lado a otro, cargando las maletas, cuando llegaron corriendo Matilda y la señorita Honey.

—¡Mamá, papá! —exclamó Matilda, jadeando—. ¡No quiero ir con ustedes! ¡Quiero quedarme aquí y vivir con la señorita Honey, y ella dice que puedo hacerlo, pero sólo si me dan permiso! ¡Digan que sí, por favor! ¡Vamos, papá, di que sí! ¡Di que sí, mamá!

El padre se volvió y miró a la señorita Honey.

—Usted es la profesora que vino a verme una vez, ¿no? —dijo. Luego volvió a su tarea de colocar maletas en el coche.

—Ésta tendrá que ir en el asiento trasero —le dijo su mujer—. Ya no hay más sitio en la cajuela.

—Me encantaría tener conmigo a Matilda —dijo la señorita Honey—. Yo cuidaría de ella con todo cariño, señor Wormwood, y pagaría todos sus gastos. No les costaría a ustedes ni un penique. Pero no fue idea mía, sino de Matilda. Sin embargo, no accederé a quedarme con ella sin que den su pleno consentimiento de buena gana.

—¡Vamos, Harry! —dijo la madre, metiendo la maleta en el asiento trasero—. ¿Por qué no la dejamos, si eso es lo que quiere? Será una menos de quien ocuparse.

—Tengo prisa —dijo el padre—. Tengo que tomar ese avión. Si ella quiere quedarse, que se quede. Por mi parte no hay inconveniente.

Matilda se arrojó en brazos de la señorita Honey y se abrazó a ella. La señorita Honey la abrazó a su vez y, a poco, la madre, el padre y el hermano se subieron al coche y éste salió disparado con un fuerte chirrido de neumáticos. El hermano hizo un gesto de despedida con la mano, a través de la ventanilla trasera, pero los padres ni siquiera miraron hacia atrás. La señorita Honey aún tenía a la niña en sus brazos y ninguna de ellas dijo nada, mientras veían cómo el coche doblaba la esquina, al final de la calle, y desaparecía para siempre en la distancia.

Índice

La lectora de libros 11
El señor Wormwood, experto vendedor
    de coches... 25
El sombrero y el pegamento 33
El fantasma 41
Aritmética 51
El hombre rubio platino 59
La señorita Honey 69
La Trunchbull 83
Los padres 91
Lanzamiento de martillo 101
Bruce Bogtrotter y el pastel 115
Lavender 129
El examen semanal 135
El primer milagro 151
El segundo milagro 161
La casa de la señorita Honey 167
La historia de la señorita Honey 181
Los nombres 193
La práctica 197
El tercer milagro.. 203
Un nuevo hogar 215

Roald Dahl

Nació en 1916 en un pueblecito de Gales (Gran Bretaña) llamado Llandaff en el seno de una familia acomodada de origen noruego. A los cuatro años pierde a su padre y a los siete entra por primera vez en contacto con el rígido sistema educativo británico que deja reflejado en algunos de sus libros, por ejemplo, en *Matilda* y en *Boy*.

Terminado el bachillerato y en contra de las recomendaciones de su madre para que cursara estudios universitarios, empieza a trabajar en la compañía multinacional petrolífera Shell, en África. En este continente le sorprende la Segunda Guerra Mundial. Después de un entrenamiento de ocho meses, se convierte en piloto de aviación en la Royal Air Force; fue derribado en combate y tuvo que pasar seis meses hospitalizado. Después fue destinado a Londres y en Washington empezó a escribir sus aventuras de guerra.

Su entrada en el mundo de la literatura infantil estuvo motivada por los cuentos que narraba a sus cuatro hijos. En 1964 publica su primera obra, *Charlie y la fábrica de chocolate*. Escribió también guiones para películas; concibió a famosos personajes como los Gremlins, y algunas de sus obras han sido llevadas al cine.

Roald Dahl murió en Oxford, a los 74 años de edad.